쿨거래 하실 분만

쿨거래 하실 분만

초판 1쇄 찍은날 2025년 6월 23일
초판 1쇄 펴낸날 2025년 6월 30일

글 이송현, 이재문, 송우들, 구소현
펴낸이 서경석
책임편집 김진영 | 편집 이봄이 | 디자인 권서영
마케팅 서기원 | 제작·관리 서지혜, 이문영
펴낸곳 도서출판 청어람 | 출판등록 2009년 4월 8일(제313-2009-68호)
주소 서울특별시 구로구 디지털로 272 한신IT타워 404호 (08389)
전화 02)6956-0531 | 팩스 02)6956-0532
전자우편 juniorbook0@gmail.com
블로그 blog.naver.com/juniorbook
인스타그램 @chungeoram_junior

ISBN 979-11-04-40003-2 43810

ⓒ 이송현, 이재문, 송우들, 구소현, 청어람주니어 2025

※ 청어람주니어는 도서출판 청어람의 아동·청소년 브랜드입니다.
※ 이 책의 내용 일부 또는 전부를 재사용하려면 반드시 저작권자와 청어람주니어 양측의 동의를 얻어야 합니다.

차례

이송현	쿨하지 못해 다행이야	07
이재문	오늘의 무료 나눔	53
송우들	개츠비의 개츠비의 개츠비	105
구소현	캐비지스 인 더 와일드	157

> 이
> 송
> 현

대한민국에서 태어나 지나치게 파이팅 넘치는 청소년기를 무사히 보내고 공부를 좋아하지도 않으면서 학교 다니는 것에 재미가 붙어 학교를 꽤 오래 다녔다. 문예창작학을 전공하고 대학에서 아동·청소년 문학을 가르치고 있다.
제5회 마해송문학상, 제9회 사계절문학상, 제13회 서라벌문학상 신인상 등을 받았으며 2010년 《조선일보》 신춘문에 동시 부문에 당선되었다.
지은 책으로 청소년 소설 《일만 번의 다이빙》《나의 수호신 크리커》《라인》《드림 세프》《내 청춘, 시속 370km》《기념일의 무게》, 동화 《내 이름은 심민준》 시리즈 《아빠가 나타났다!》《슈퍼 아이돌 오두리》《사랑은 처음》《똥 싸기 힘든 날》, 동시집 《호주머니 속 알사탕》, 에세이 《피땀눈물, 작가》 등이 있다.

세상이 개똥 천지였다. 호기롭게 힘껏 발을 굴려 스케이트보드 위로 체중을 싣자마자, 스케이트보드 바퀴가 개똥을 지르밟았다. 똥 위로 바퀴 자국이 선명했다. 형편없이 뭉개진 개똥을 보고 있자니 지금의 내 마음 형태가 아마도 저 모양이겠지, 하는 생각이 들었다. 개똥 때문에 눈물을 흘리다니! 참으려고 했는데 눈시울이 시큰해지더니 싸한 느낌을 참을 수가 없었다.

"이러려고 줬냐? 나를 똥밭에 구르게 하려고, 서주혁 이 나쁜 놈아……."

더한 욕을 퍼붓고 싶었는데 첫사랑이라 그러지도 못했다. 나란 인간은 꼭 결정적인 데서 마음이 약해진다. 그러니 서주혁한테 고백도 못 한 마당에 이별 선물로 받은 이 스케이트보드를 부둥켜안고 개똥이나 뭉개고 있는 것이다.

　내 속도 모르고 서주혁은 자기가 타던 스케이트보드를 내게 선물이랍시고 건네며 세상 쿨하게 말했다.

　"김이린, 내 몫까지 열심히 타. 고딩 되면 탈 시간도 없어."

　나를 위한 친절한 마음 씀씀이 같지만 서주혁의 옆에는 수학 학원에서 만난 여자 친구가 함께였다. 그게 더 최악이었다. 둘이 썸을 탈 동안 나는 서주혁 마음에 들겠다고 혼자 이리 구르고 저리 구르며 스케이트보드를 탔던 거다. 서주혁의 여친이 애플영에서 스킨케어 제품을 사서 외모를 가꾸는 동안 나는 선크림을 바르는 것도 잊은 채 서주혁 앞에서 기막힌 스케이트보드 묘기를 선보이겠다는 결심을 안고 땡볕에서 혼자 난리 부르스를 쳤던 셈이었다.

　똥 묻은 스케이트보드를 뒤집어 놓고 바닥에 나뒹구는 전단지를 집어 들었다. 조심스레 똥 범벅이 된 바퀴를 전단지 조각으로 살살 문질렀다. 바퀴는 내 속도 모르고 팽그르르 돌아갔다. 헛도는 바퀴를 보고 있자니 끝끝내 내 마음을 몰라준 서주혁의 모습이 오버랩 되어 짜증이 치밀었다. 그 바람에 힘 조절에 실패한 손이 똥 묻은 바퀴를 건드리고 말았다.

　"진짜 싫다."

　똥 묻은 손과 찢어진 전단지 조각, 널브러진 스케이트보드를 멍하니 바라보았다. 정말 똥 같은 날이었다.

　이 세상 사람들은 스케이트보드를 타는 사람과 타지 않는 사람으로 나뉘어 존재한다. 나는 어디에 속한 인간일까? 스케이트보드를 잘 타지도, 그렇다고 아예 못 타지도 않는 어정쩡한 인간이 바로 나다. 서주혁과 나의 관계처럼. 우리는 그야말로 불안정한 관계였다.

　바람이 불었다. 공원 가장 후미진 공터가 이제는 내 집처럼 느껴졌는데 이 장소마저 헤어질 시기가 가까워지고 있었다. 시청에서 시민들을 위해 맨발로 걸을 수 있는 황톳길을 조성한다는 공사 안내 표지를 세웠다.

　"하아, 이렇게 내 추억도 하나씩 무너지는구나."

　이 공터에서 나는 스케이트보더를 꿈꿨다. 정확히 고백하자면 스케이트보드에는 관심 없고, 스케이트보드에 관심이 많은 서주혁의 주의를 끌고 싶을 뿐이었다. 스케이트보드의 '스' 자도 모르던 내가 서주혁의 별스타그램을 훔쳐보던 게 화근이었다. 고등학생이 된 서주혁의 일상이 궁금했다. 같은 중학교에 다닐 때는 등하굣길에 얼굴이라도 볼 수 있었는데 서주혁이 고 1이 되고부터는 만나기가 더욱 어려웠다. 그러다 어느 날인가부터 스케이트보드 사진이 도배된 서주혁의 별스타그램을 보면서 나는 속으로 쾌재를 불렀다.

"공통의 관심사가 있으면 사랑은… 언제든 싹트는 법이지."
 단짝 민지도 조언했다. 몸을 움직이는 것 자체를 극도로 싫어하던 내가 스스로 몸을 움직이게 되는 날이 올 줄이야!
 내 별스타그램도 서주혁의 것과 비슷하게 변해 갔다. 김이린이 아닌 스케이트보드가 주인공인 나의 별스타그램이 자랑스러웠다. 그리고 서주혁에게 DM을 보냈다. 아무렇지 않게 스케이트보드에 대해 질문하는 DM이었으나 보내기까지 일주일을 고민했다. 서주혁에게 답신이 오기까지 고작 일곱 시간 걸렸다는 게 어쩐지 억울할 정도였다. 그리고 서주혁이 내게서 멀어지는 데에 걸리는 시간은 달랑 칠 개월이었다.
 7은 더 이상 내게 행운의 숫자가 아니었다. 똥 묻은 손을 털지도 않은 채 스케이트보드를 발로 툭툭 밀어 가며 집으로 향했다.

 민지가 놀러 왔지만 나는 이불을 돌돌 말고 누워 있었다. 세상의 모든 풍파로부터 나를 지키고 싶었다.
 "내가 보아하니 김이린, 네가 살기 위해선… 저걸 팔아야겠다."
 민지는 모지락스럽게 말했다. 민지가 가리키는 베란다 쪽으로는 고개도 돌리지 않았다. 현실을 외면한다고 비난해도 좋았고 중 3짜리의 짝사랑을 이해할 수 없다고 단정 지어도 괜찮았다. 그냥 오늘은 식물처럼 가만히 누워만 있고 싶었다.

"그냥 판때기도 아니고 저렇게 유난스럽게 구불거리는 스케이트보드를 준 건 선물이 아니라 너 골탕 먹이는 거야. 김이린, 이 어린이야."

똥 묻은 스케이트보드를 집으로 갖고 오던 날, 화장실 문을 잠그고 똥 묻은 바퀴를 샤워기로 씻어 내며 얼마나 질질 짰는지 모른다. 눈물을 흘렸다느니, 울었다는 표현은 너무나 고상했다. 올라오는 똥내에 헛구역질을 했다가 코를 훌쩍거리며 들이마셨다가 목으로 콧물이 넘어가기도 했다. 한마디로 사랑을 잃고 온갖 추잠을 제대로 떤 날이었다.

"야, 김이린! 궁상 그만 떨고 그냥 팔아. 팔아서 맛있는 거 먹자, 우리. 응?"

민지는 ESTJ였다. 지독하게 현실적이고 계획적인 인간이란 뜻이다. 나의 선택은 침묵이었다.

"너 이렇게 궁상떨어 봤자 손해야. 서주혁은 여친이랑 학원 가서 공부도 하고 카페도 가고 영화관도, 코인 노래방도… 아무튼 사방팔방 돌아다닐 텐데 넌 이불 싸매고 누워서 눈 밑에 다크서클만 만들겠다고?"

논리라고는 하나도 없는 말이었는데 민지가 하는 소리를 들고 있으면 이상하게 그럴싸하단 생각이 들었다. 서주혁은 여친과 함께 나날이 빛나는데 나만 짝사랑이 끝났다고 방구석에서 햇빛도 못 보고 누렇게 말라 갈 수는 없는 법! 지난겨울 우리집 뒷베란다에서 키우던 선인장이 죽었을 때 어떤 대접을 받았는지 똑똑히 기억났다.

나는 이불을 박차고 일어났다. 그리고 베란다에 던져 놓은 스케이트보드에 시선을 주었다. 짝사랑의 추억과 설렘, 실망과 분노, 그럼에도 불구하고 내게서 떨어지지 않는 미련까지 담고 있는 서주혁의 처음이자 마지막 선물을 어떻게 할지 결정했다.

'그래, 쿨하게 보내 준다.'

베란다 문을 열고 스케이트보드를 들어 올렸다. 손에 느껴지는 무게에 흠칫 놀랐다. 수백 번을 들고 다니며 동고동락한 물건이었는데 이토록 무겁게 느껴진 것은 오늘이 처음이었다.

"민지야. 넌 양념갈비가 좋아, 세끼떡볶이가 좋아?"

짝사랑의 추억을 팔아 단짝의 행복한 얼굴을 볼 수 있다면 홍당무마켓 거래는 얼마든지 감내할 수 있다.

중간고사 수학 점수가 형편없었다. 엄마는 분노 대신 신용 카드를 주며 당장 이달부터 수업 하나를 더 추가 수강하라고 했다. 내 머릿속이 혼돈의 카오스인 것을 알면 엄마도 내 수학 점수에 미련을 가질 필요가 없을 텐데.

평일 저녁치고 제법 한산한 카페 창가에 앉아 민지를 기다렸다. 주문하고 보니 하필이면 서주혁이 잘 마시던 사과주스를 시켰다.

〈미련 없이 팝니다!〉

쓰고 보니 제목부터가 파는 물건에 대한 미련이 차고 넘쳐 흘렀다. 판매 글에 올리려고 찍어 놓은 스케이트보드 사진도 몽땅 지웠다. 첫 사진은 초점이 흔들려서 삭제했고 두 번째 사진은 서주혁의 마지막 말 때문에 삭제했다.

"김이린이 제일 좋아하는 스케이트보드."

내가 좋아한다는 것을 눈치도 못 채고 쓸데없는 스케이트보드만 넘기고 떠나다니! 생각할수록 분노가 끓어올랐다. 민지는 바로 고백하지 않고 꾸물거린 내 탓이 가장 크다고 했지만 서주혁 앞에만 서면 입이 얼어붙고 심장 뛰는 소리가 너무 크게 들릴까 봐 숨도 제대로 쉬지 못했다. 세 번째 사진은… 너무 정성스러웠다. 초점, 조명, 배경, 무엇 하나 결점 없이 완벽에 가까웠다. 그래서 싫었다. 서주혁이 선물한 스케이트보드에 아직도 미련이 남은 내가 싫어서 말이다.

"냉정하게, 최대한 냉정하게 찍어야겠어."

그러려면 다른 판매자들이 올린 사진을 연구해 보는 것이 나을 것이라는 생각에 이르렀다. 오늘 하루 수학 학원을 건너뛴다고 큰일이 날 것 같지 않았다. 어차피 이렇게 뒤숭숭한 마음으로 수학 문제에 집중도 못할 테니까.

홍당무마켓에 올라온 물건들을 살펴보는 재미가 제법 쏠쏠했다. 다양한 물건들이 새 주인을 찾아 줄지어 올라왔다. 글을 올린 판매자의 성격이 물건을 설명하는 멘트와 사진 속에 속속들이 드러나는 것이 흥미로웠다.

그중에 내 시선을 끈 물건은 반지였다. 누가 봐도 커플링이었다. 자기가 끼던 것만이 아니라 남녀 커플링 한 쌍이 전부 올라와 있었다.

〈명품 커플링, 남녀 세트〉
- 더 이상 착용할 일이 없어 판매함.
- 교환, 환불 절대 불가

단호하지만 서글픈 메시지였다. '더 이상 착용할 일이 없어'라는 문구에 별의별 상상이 머릿속을 헤집어 댔다.

"생활고네."

민지가 스마트폰을 보고 있는 내 어깨 너머에서 고개를 내밀며 말했다. 그러더니 손도 안 댄 내 사과주스를 힐끔 보며 피식 웃었다.

"뭐?"

민지가 손가락으로 내 폰 화면을 톡톡 두드렸다. 커플 반지 가격을 지그시 누른 민지가 설명을 이어 갔다.

"새것이나 다름없는 명품을 이 가격에 판다고? 거의 반값인데? 급한 거지. 요즘 생활고에 시달리다 갖고 있는 명품을 홍당무마켓에 파는 사람들이 많아."

민지와 나 사이에는 어떤 간극이 있어서 이렇게 해석이 정반대일까 모르겠다.

"이 반지 주인들이 헤어져서 이제 못 끼니까 파는 건 아니고? 반지 볼 때마다 괴로울 테니까."

"김이린. 또, 또 소설 쓴다. 헤어졌으면 하나만 팔겠지, 남녀 커플링 두 개 다 어떻게 홍당무마켓에 올리겠냐?"

안도의 한숨이 잇새로 새어 나왔다. 다행이다. 헤어진 게 아니었다. 커플링의 주인은 함께 있다. 누군가 나의 스케이트보드를 보고 내 숨은 사정을 읽어 낼 수 있을까?

"터무니없는 가격에 올리지 마."

민지가 조언했다. 헐값에 올리면 빨리 팔릴 줄 알겠지만 의외로 사람들은 너무 싼 가격에 물건을 올리면 제대로 된 물건일까 의심부터 한다고 했다.

출출해서 빵이라도 주문해야겠다며 민지가 키오스크로 향했다. 사과주스를 한 모금 마셨다. 달았다. 조금이나마 새콤한 맛이 있었으면 좋았을 것이란 생각이 들었다. 난 그냥 단 것보다 새콤달콤한 맛이 좋았다. 창밖을 보니 내 또래 남자애와 여자애가 실랑이를 벌이는 듯했다. 누가 봐도 후드 티셔츠에 벙거지 모자를 쓴 남자애가 일방적으로 여자애한테 매달리는 중이었다. 여자애는 단호했고 남자애는 간절해 보였다. 나는 저 풍경의 결말을 안다. 아무리 간절해도 손뼉은 손바닥 하나로만 칠 수 없는 법이다. 누군가를 좋아하는 마음은 혼자서도 간직할 수 있겠지만 그 마음이 일방통행이 되지 않으려면 두 사람의 시선이 서로를 향해야 한다.

남자애가 여자애의 옷소매를 붙잡았다. 하지만 여자애가 뭐라고 한마디를 건네자 여자애의 옷소매를 잡고 있던 남자애의 손이 힘없이 떨어져 나갔다. 끝이었다. 반대편으로 돌아서서 가는 남자애의 얼굴은 모자에 가려 볼 수 없었지만 어떤 표정일지 예측할 수 있었다. 아마도 스케이트보드 선물을 받던 날 나도 서주혁 앞에서 비슷한 표정을 지었을 테니까.

서주혁은 가고 없지만 스케이트보드는 죄가 없었다. 대놓고 표시를 냈는데도 내 마음을 눈치 못 챈 서주혁을 생각하면 짜증과 분노 사이를 오락가락했지만 스케이트보드를 내게 주고 싶었던 서주혁의 마음만은 가짜가 아니었다고 믿고 싶었다. 그래야만 덜 슬플 것 같았다. 혼자 짝사랑이라며 삽질한 것도 서러운데 서주혁에게 여친이 생겨서 내 마음을 눈치챌 겨를도 없이 날아가 버렸다고 스케이트보드에 화풀이를 한다면 너무 찌질해 보일 게 뻔했다.

집에 돌아온 나는 최대한 담담하게 내 짝사랑이자 첫사랑을 보내기로 결심했다. 판매 물건에 대한 그 어떤 망상이나 추측이 끼어들지 못하도록 간단명료한 판매 글을 쓰기로 했다.

〈스케이트보드 판매/only 쿨거래!〉

- 가격 : □만 원
- 직거래만 가능, 수정마을 2단지 근처(장소 협의 가능)
- 교환, 환불 사절
- 쿨거래 하실 분만 연락 바람!

스케이트보드를 거의 던진다는 기분으로 홍당무마켓에 올렸는데 사람들이 해도 해도 너무했다. 분명히 쿨거래를 원한다는 글자를 똑똑히 읽고 이해할 줄 알았는데 하나같이 터무니없는 가격으로 후려치는 하이에나 같은 부류들뿐이었다. 너무 열받아서 잠도 오지 않았다. 자려고 눈을 감고 양을 세기까지 했는데 홍당무마켓 알림에 메시지를 확인하면 말도 안 되는 제안을 해 오는 양아치들뿐이었다.

"아, 지친다."

밤늦도록 쿨거래의 '쿨' 자도 모르는 사람들에게 시달리다가 까무룩 잠이 들었다. 잠결에 믿지도 않는 세상의 모든 신에게 돌아가며 기도를 했다. 그러다 무슨 소리를 들었는데…….

꿈이 아니었다. 현실이었다. 알람 소리인 줄 알고 허둥대며 일어났는데 새벽이었다.

"하, 미친."

스마트폰 화면에 작은 홍당무가 반짝거리며 제 존재를 알렸다. 구매 희망자가 나타난 것이다. 메시지를 확인하기도 전에 연달아 알림이 울렸다.

안녕하세요?

이른 시간에 정말 죄송합니다.

혹시 스케이트보드 팔렸나요? 제가 진짜 너무 급해서요.

메시지 내용을 가만히 보고 있자니 대충 어떤 사람인지 감이 왔다. 이른 시간인 걸 알고 사과하는 것을 보니 예의는 기본적으로 갖춘 사람이고 그런 중에 "안녕하세요?"라고 먼저 인사말을 적은 것을 보니 꼭두새벽에 메시지를 보냈어도 기꺼이 용서하고 싶은 마음이 들었다. 내가 메시지를 쓰기도 전에 또다시 메시지가 왔다.

꼭 구매하고 싶어서 이른 시간에 연락드렸습니다.

정중한 말투에, 꼭두새벽부터 움직이는 사람이라……. 아마도 어르신? 그럴 리가 없다. 스케이트보드를 타는 어르신이라니. 자칫 잘못 타다 넘어지면 뼈를 다칠텐데. 손주에게 선물을 하려나?

안녕하세요. 혹시 선물하시려고요?

인사말을 잊지 않은 게 다행이었다. 개인적인 호기심을 드러낸 것도 이기적인데 인사까지 빼먹었으면 상대방이 날 매너 없다고 욕해도 할 말이 없었다. 물건만 팔면 그만이지 왜 꼬치꼬치 묻냐고 기분 나빠하지는 않을까 살짝 움츠러들었다.

> 아닙니다. 제가 타려고 하는데요? 거래 가능한가요?

> 거래 조건은 아시죠? ☺

경쾌한 알림이 울렸다. 메시지를 확인한 나는 웃고 말았다. 아무래도 기분 좋은 거래가 될 것 같았다.

> 백 퍼센트 무조건 쿨거래 ✋

유쾌한 사람임에 틀림없었다. 홍당무마켓에서 종종 발생했다던 불미스러운 먹튀 사건 구매자와는 거리가 먼 사람이었다. 나의 ☺ 이모티콘을 ✋ 이모티콘으로 응수할 수 있는 사람이라면 믿을 만했다. 게다가 구매자 닉네임을 뒤늦게 확인하고 빵 터져 버렸다.

"불타는 발바닥이라고?"

확실히 손자에게 스케이트보드를 선물할 사람이 아닌 것은 분명했다.

초여름의 시작을 알리는 비가 내렸다. 귀찮아서 보통은 택배 거래를 한다는데 나는 그러고 싶지 않았다. 미우니 어쩌니 해도 서주혁이 내게 처음이자 마지막으로 선물한 물건을 보내는 일이었으니까. 그리고 불타는 발바닥은 치밀한 구매자였다. 보드 상태를 확인하기 위해 시립 보드 파크에서 만나자는 요청에 나는 흔쾌히 오케이 했다.

스프레이처럼 흩뿌리던 보슬비가 그친 소나무 숲에서 싱그러운 향기가 났다. 소나무가 즐비하게 둘러싼 보드 파크는 숨겨진 요새 같았다. 내가 사는 도시에 이런 장소가 있었다는 것도 불타는 발바닥 덕분에 처음 알았다. 소나무 아래에 앉아 보드 파크의 다양한 경사로를 구경하고 있는데 등 뒤에서 누군가 나를 불렀다.

"백퍼 쿨거래 님?"

불타는 발바닥이었다.

'어? 어디서 봤더라?'

그랬다. 후드 티셔츠에 벙거지 모자를 쓴 남자애였다. 세상에 후드 티셔츠에 벙거지 모자 차림의 남자애는 흔했다. 다만, 후드 티셔츠 뒷면의 스케이트보드 그림이 기억에 남아 있었다.

홍당무마켓 거래는 처음이라 어색했다. 또래 남자애에게 뭐라고 말을 붙여야 할지 갈팡질팡이었다. 나의 목적은 물건을 파는 것이었지만 다짜고짜 물건을 들이밀고 "돈 주세요."라고 입을 떼기가 이상하게도 어려웠다. 다행히도 먼저 입을 뗀 것은 불타는 발바닥이었다.

"물건, 봐도 괜찮아요?"

"아, 네."

나는 불타는 발바닥에게 스케이트보드를 내밀었다. 민지는 어차피 팔 물건 편하게 끌고 가라고 했지만 적어도 구매하는 사람에게 나의 소중한 물건을 양도한다는 느낌을 주고 싶었다. 정성스럽게까지는 아니어도 상자에 넣어서 카트에 끌고 오는 성의를 보였다. 불타는 발바닥은 상자를 열어 스케이트보드를 꺼냈다. 그러더니 나를, 내 얼굴을 그제야 똑바로 쳐다보았다. 나도 비로소 불타는 발바닥의 얼굴을 제대로 보았다. 불타는 발바닥은 쌍꺼풀이 없는 커다란 눈에 웃는 듯한 입꼬리를 가진 남자애였다. 스케이트보드 때문에 신이 나서 웃음을 참고 있는 것일 수도 있으려나?

"진짜 스네이크 보드네요."

"스네이크요? 뱀? 이거 타면 뱀처럼 스물스물 기어가요?"

한 몸처럼 만들겠다고 보드를 붙잡고 뒹굴고 넘어진 시간이 얼만데 이제야 서주혁이 준 보드의 명칭을 제대로 알게 되었다. 질색하며 묻는 내 말에 불타는 발바닥이 웃음을 참으려고 입술에 힘을 주는 게 보였다.
"보통 캐스터 보드라고 하는데 그건 잘못 알려진 거고 스네이크 보드라고 해요. 이거 완전 유물인데… 구하기 정말 힘들거든요. 사진 보고 혹시나 했는데 진짜였네요."
서주혁이 내게 남긴 건 유물이었다. 수년 전에 이미 유행이 끝나 버린 유물. 서주혁이 날 어떻게 생각했는지 알 것 같았다. 갑자기 분노와 서러움이 뒤범벅이 되어 내 뒤통수를 때렸다.
"그런데 이거 어떻게 구했어요? 진짜 귀한 건데……."
이가 갈리는 걸 참으려고 복화술 하듯 웅얼거리며 대답했다.
"선물이요."
선물이란 말에 불타는 발바닥의 안 그래도 큰 눈이 더 커졌다. 스네이크 보드를 껴안은 폼이 흡사 크리스마스 선물을 받은 어린애 같아 보였다.
"이거 백퍼 쿨거래 님한테 선물하신 분… 그분한테 정말 소중한 걸 준 거예요."
오늘 처음 본 불타는 발바닥의 말에 치솟던 분노와 서러움이 순식간에 사그라들었다. 서주혁이 내게 보드를 선물할 때 제일 소중한 것을 줘야지, 라고 마음을 먹었는지 그 진실 여부는 궁금하지 않았다. 진짜 서주혁의 마음이 불타는 발바닥이 생각한 것과 다르다면 나는 또 한 번 크게 무너질 테니까. 그래도 서주혁이 이 물건을 선물하는 순간만은 나를 중요하게 생각했다고, 내가 착각이라도 하게 누군가가 달콤한 위로를 건네주는 데에 만족하기로 했다.

"그런데 보드… 잘 타시나 봐요?"

홍당무마켓의 다른 구매자들도 이렇게 많은 대화를 시도하는지 궁금해졌다. 불타는 발바닥은 연이어 내게 질문을 쏟아 냈다. 물건을 구매하러 나온 게 아니라 마치 내게 온갖 질문을 하러 나온 사람처럼 굴었다.

"그런 건 왜 물어보는데요?"

나도 모르게 퉁명스러운 목소리가 튀어나왔다. 불타는 발바닥이 내 눈치를 슬쩍 살피더니 금세 헤실거리며 웃었다. 아무래도 웃는 게 버릇인 남자애 같았다.

"스네이크 보드, 이거 타기 쉽지 않거든요. 데크가 한 장인 일반적인 스케이트보드랑 다르게 이렇게 데크가 두 장이면 아무래도 힘 조절도 그렇고 균형 잡기가 빡세니까요."

'넌 아는 게 많아서 좋겠다. 자, 자, 돈이나 빨리 주고 각자 갈 길 갑시다, 발바닥 씨.'

그런데 내가 속내를 드러내기도 전에 불타는 발바닥이 선수를 쳤다. 하늘을 올려다보며 손바닥을 내밀어 비가 오는지 확인하고는 스네이크 보드를 바닥에 내려놓더니 내 눈을 똑바로 바라보며 말했다.

"한번 타 봐도 돼요?"

먹구름이 서서히 걷히고 있었다. 그러나 불타는 발바닥의 질문은 내 미간에 먹구름을 몰고 왔다.

'이 발바닥이 날 사기꾼으로 아나?'

독심술을 하는지 불타는 발바닥이 입을 열었다.

"절대 이 물건을 의심해서가 아니라, 그냥 정말 순수하게 한번 타고 싶어서 그래요. 확인차. 내가 잘 탈 수 있나 싶어서……. 진짜 오랜만에 타는 거거든요."

"오케이!"

나도 모르게 큰 소리를 냈다. 쿨거래를 강조했으니 이 정도는 쿨하게 봐주자.

내 대답이 끝나기가 무섭게 불타는 발바닥은 스네이크 보드를 들고 보드 파크 경사로를 향해 거침없이 달렸다. 겁 없는 불타는 발바닥의 전력 질주에 기겁하기도 전에 타각, 하는 마찰음이 들렸다. 뒤이어 보드를 경사로에 던지는 것과 동시에 보드 위에 올라타는 불타는 발바닥의 몸짓은… 최고였다. 벙거지 모자가 바람에 날려 바닥에 떨어졌다. 그 바람에 불타는 발바닥의 표정을 온전히 지켜볼 수 있었다. 불타는 발바닥은 웃는 상이었다. 저렇게 환하게 웃는 사람을 오랜만에 봤다. 자꾸만 나도 모르게 따라서 웃고 싶은 그런 표정을 하고 있었다. 힘차게 구르는 발동작은 앞으로 나아가는 그 애의 다음 묘기를 기대하게 만들었다. 절대로 뒤를 돌아볼 것 같지 않은 애였다.

"인간이… 뭐 저래?"

내가 내뱉은 건 감탄이었다. 나의 스네이크 보드를 사 갖고 가게 될 또래 남자애를 보며 깨달았다. 내 첫사랑이자 짝사랑은 뱀처럼 구불구불, 슬며시 기어서 내 마음에 파고들더니 구불구불 내 마음만 흩트려 놓고 진짜 간 것이구나. 나는 서주혁이 내 앞에서 스케이트보드를 제대로 탄 모습을 본 적이 없었다. 서주혁에게 관심받고 싶어서 그의 관심사를 겨냥할 목적으로 다가간 나나, 내게 저 애처럼 보드를 찐으로 타는 모습을 보여 준 적이 없는 서주혁이나 쌤쌤이었다.

내가 사랑한 건 진정한 스포츠맨이 아니라 사기꾼이었다. 스네이크 보드 위에 올라선 불타는 발바닥은 날아다녔다. 보드를 발바닥에 붙이고 있는 폼이 예사롭지 않았다. 불타는 발바닥이라는 별명이 허세가 아닌 것을 증명하고 있었다. 불타는 발바닥이 아니라 접착제를 바른 발바닥이라고나 할까. 스네이크 보드와 혼연일체가 되어 움직이는 모습을 나는 한참이나 넋 놓고 바라보았다.

"한 번만 탄다고 해 놓고… 그게 한 번이에요?"

불타는 발바닥은 스네이크 보드를 실컷 즐겼다. 설마, 이래 놓고 보드 성능이 별로이니 어쩌니 하면서 거래 취소를 운운하는 건 아니겠지?

"죄송해요. 정말 오랜만이라 기분이 업돼서……. 저어, 그런데 혹시……."

몸을 비비 꼬는 모양새가 불길했다. 어울리지 않는 애교라니! '혹시'라는 부사어는 내가 질색하는 것 중에 하나였다. "김이린, 혹시 스케이트보드 탈 줄 아니?"란 서주혁의 그 '혹시' 때문에 타지도 못하는 스케이트보드를 끌어안고 혼자서 밤이고 낮이고 무릎이 멍투성이가 되도록 얼마나 고생을 했느냔 말이다.

"혹시, 뭐요?"

목소리에 날이 섰다.

"미안하지만 만 원만 네고 해 주면 안 될까요?"

이럴 줄 알았다. 애당초 돈 내기 전에는 보드를 만지지도 못하게 했어야 하는 건데 내가 허술한 탓이었다. 초보 판매자 티를 이렇게 내고야 말다니.

"쿨거래 가능하다면서요? 구질구질하게 왜 이래요?"

부아가 치밀었다. 순간의 구질함으로 만 원을 아낄 수 있다면 기쁘겠다는 저의가 깔려 있는 표정을 내가 못 읽어 낼 줄 알고? 흥이다, 흥!

"엥? 왜 이래요?"

불타는 발바닥이 무릎을 꿇었다. 홍당무마켓 거래 사연방에서 숱한 스토리를 봤지만 거래를 하다 말고 무릎을 꿇는다는 소리는 없었다. 신종 사기 수법인가 의심스러웠다. 내 인생은 왜 하나같이 이렇게 구질구질할까 머리가 아팠다.

나는 불타는 발바닥이 안고 있는 스케이트보드를 낚아챘다.

"나는! 분명히! 쿨, 거, 래, 라고 했어요!"

구매자에게는 단순히 갖고 싶은 물건에 불과하겠지만 내가 이 스케이트보드를 팔기로 결심하기까지 몇 날 며칠을 이불킥을 해 가며 고민했는지 불타는 발바닥이 알까? 온갖 추억이 스며든 물건이다. 갑자기 설움이 몰려왔다. 결국 쓸데없는 소리를 하고 말았다.

"내가… 이걸 잘 타려고 얼마나 개고생을 했는지… 알아요? 내 몸은 내 생각이랑 다르게 제대로 움직이지도 않고, 맨날 깨지는 무릎하고 늘어나는 멍 자국 보면서……. 하아."

왜 내가 처음 보는 사람한테 이런 이야기까지 해야 하는지 울컥했다. 그런데 갑자기 불타는 발바닥이 납작 엎드려 사과했다.

이게 무슨 코미디 같은 상황인지 당황해서 버벅거리는데 불타는 발바닥은 기회를 놓치지 않고 뜻밖의 제안을 했다.

"원데이 클래스 어때요?"

"뭐라고요?"

"보드 잘 타고 싶었던 거 아니에요?"

"이제 다 끝났어요. 됐어요."

불타는 발바닥이 내가 잡고 있는 스네이크 보드로 손을 뻗었다. 나는 재빨리 뒤로 한 발자국 물러나 불타는 발바닥이 보드에 손대는 것을 막았다.

"만 원만 깎아 주면 제가 반나절 클래스 해 드릴게요. 완벽까지는 아니더라도 잘 탈 수 있어요. 믿어 보세요!"

여차하면 바닥에 엎드려 큰절이라도 할 기세였다. 스케이트보드를 사이에 두고 불타는 발바닥과 나는 대치 아닌 대치전을 벌였다. 만 원 깎아 달라고 징징댔다가 자신감 넘치는 눈빛을 보냈다가 하는 바람에 자꾸만 내가 쪼그라들 것 같은 기분이 들었다.

스케이트보드를 멋지게 타게 되는 날 서주혁에게 고백을 하겠다고 D-day까지 잡았는데 그 결전의 날이 오기도 전에 짝사랑 오빠 서주혁은 스케이트보드를 선물이랍시고 달랑 남기고 떠났다. 돌아보니 서주혁이 떠나는 것도 당연했다. 스케이트보드를 타는 내내 징징대거나 분노 폭발 하는 것이 내 모습의 전부였다. 행복하려고 누군가에게 마음을 주고 짝사랑이라도 괜찮다고 혼자서 마음을 키워 간 것인데, 서주혁에게 욕심을 부리면서 나는 반드시 내 사랑에 응답을 받겠다고 목표를 세우고 혼자서만 발버둥 치고 있었던 것이다. 상대의 눈을 마주하고 마음을 헤아려 보는 노력 대신 상대의 관심만 끌려고 전략을 짜고 혼자 안간힘을 쓰다가 제풀에 지쳐 널브러진 꼴이라고 비웃어도 딱히 반박할 변명거리가 없었다.

그래, 서주혁과 얽힌 나름의 추억이 깃든 물건인데 어정쩡한 실력의 구매자에게 스케이트보드를 보내는 것보다 누가 봐도 탁월한 솜씨를 뽐내며 보드를 타는 불타는 발바닥에게 파는 것을 다행으로 여겨야겠지.

"콜!"

충동적인 결정이었다. 1분 사이에 뒤바뀐 결정이었다.

"쿨… 거래요?"

"아니, 쿨 말고 콜! 콜이라고요. 반나절 클래스 해 봐요. 네고 받아들일게요."

둘 중 어느 쪽에게 유리한 결정이었을까? 쿨거래를 강조해 놓고 콜을 외치자마자 불타는 발바닥도 나도 입술을 씰룩거리며 웃는 낯으로 변했다. 이 거래는 승자도 패자도 없는 무승부인가

보다.

카레 냄새가 급식실에 진동했다. 영양사 선생님이 바뀌고부터 카레에 들어간 당근이 너무 컸다. 중 3이나 되어서 당근을 편식한다고 한 소리 듣기는 싫어서 카레가 급식으로 나올 때면 나도 모르게 눈치를 보게 되었다.

"저… 당근 조금만 주세요."

내 목소리가 너무 작았는지 식판에 당근이 와르르 쏟아졌다. 물론 배식 담당 아주머니가 일부러 내 식판에 당근을 더 담아 준 것은 아니겠지만 내 기분은 카레를 먹는 게 아니라 당근밭을 구르는 느낌이었다. 군말 없이 카레를 받아 들고 구석 자리에 가서 앉았다.

"이린, 보드 거래 잘 했어? 주말에 우리 세끼떡볶이 가는 거야?"

민지가 옆자리에 앉아 내 식판을 보더니 가장자리에 밀어 놓은 당근을 숟가락으로 몽땅 쓸어 갔다.

"이번 주말은 힘들고… 다른 날에 가자."

"엥? 왜? 나 주말에 학원 보충 안 가도 되는데. 너, 무슨 일 있어?"

민지한테 불타는 발바닥이 제안한 반나절 클래스를 어떻게 설명해야 할지 잠시 고민했다. 우물쭈물거리는 날 지켜보던 민지의 눈이 동그래지더니 의자를 바짝 당겨 앉았다.

"김이린. 너 설마… 사기 당했어? 그 무좀 발인지 뭔지 하는 놈이 물건만 빼앗고 튀었어? 그런 거야?"

"아냐. 그냥 발바닥 님이 깎아 달라고 해서 반나절 클래스 받기로 하고……."

동그랗게 뜬 민지의 눈이 점점 가늘어졌다. 나를 현미경으로 낱낱이 꿰뚫어 보겠다는 의도가 다분히 깔린 시선이었다.

"뭘 받아? 쿨거래라고 그렇게 강조해 놓고 네고 해 줬어?"

나는 민지가 어떤 질문을 해도 대답할 수 없게끔 밥을 잔뜩 입안에 욱여넣었다. 홍당무마켓의 으뜸 판매자인 민지는 나의 첫 거래를 위해 이런저런 조언을 해 줬다. 그런데 내가 쿨거래의 원칙을 깼다는 소식에 할 말을 잃은 듯했다. 자기 식판에 고개를 떨구고 당근이 가득한 카레를 묵묵히 씹어 먹었다. 틀림없이 속사포로 갖은 질문을 해 댈 줄 알았는데 한마디도 하지 않는 민지를 곁눈질하자니 체할 것 같았다.

"스케이트보드 타는데 장난 아니더라고. 이준표에 비하면 서주혁은 입으로만 타는 거였어."

"누가 이준표야?"

"아, 불타는 발바닥 님 이름이 이준표야. 우리랑 동갑이더라고."

 민지가 숟가락을 소리 나게 내려놓더니 팔짱을 끼고 날 빤히 바라보았다. 몹시 불편한 시선이었다.

 "김이린. 너, 발바닥한테 반했니?"

 부인하지 않으려고 한다. 그러나 내가 무엇에 반했는지 정확히 알려 주고자 한다.

 "응, 반했어. 이준표가 타는 스케이트보드가 진짜야."

 서주혁만 보고 달리는 바람에 제대로 즐기지 못한 스케이트보드를 이번에는 제대로 배우고 조금이나마 즐겨 보고 싶었다. 그래야 짝사랑을 위해 애썼던 내 마음과 시간이 헛된 것이었다고 후회하지 않을 것 같았다.

 아무래도 내가 서주혁의 그늘에서 헤어나지 못한 것 같다고 민지가 걱정했지만 나는 괜찮았다. 해가 뜨면 그늘에서 뛰어나올 준비가 이미 나는 다 되어 있었으니까.

 "이준표는 네가 당근 편식하는 거 아니?"

 "야, 정민지! 그게 무슨 상관?"

 별말 아닌데 이상하게 내 가슴에 크게 울렸다.

 "앞으로 상관있을지도 모르지. 김이린이 홍당무마켓에 물건 팔러 갔다가 강습 받겠다고 할 줄 누가 알았겠어. 흐흐흐."

 그래, 맞다. 사람 일은 아무도 모른다. 한입 크게 먹으려고 남은 밥을 카레에 몽땅 비볐다.

'열 길 물속은 알아도 한 길 사람 속은 모른다.'라는 옛말이 기묘하게 맞아떨어지는 애다, 불타는 발바닥은. 나를 보자마자 불타는 발바닥이 불쑥 내민 것은 헬멧과 무릎 보호대였다.
"안 갖고 왔을 것 같아서. 다치면 안 되니까."
만나기로 약속한 보드 파크에 오면서도 반신반의했다. 불타는 발바닥이 약속을 지킬 것이라고 확신하지 못했다. 나는 돈을 받았고 불타는 발바닥은 이미 스케이트보드를 받았으니 거래는 끝났다. 만 원 깎아 주는 대신 반나절 클래스를 해 준다는 것은 어디까지나 구두 약속이었고 불타는 발바닥이 보드 파크에 안 나오면 그만이었다. 그런데 불타는 발바닥은 나보다 먼저 나와서 스케이트보드를 신나게 타고 있었다.
"저기, 불타는 발바닥 님."
"이준표."
지난번엔 동갑인 것을 알자마자 바로 통성명을 요구하더니 오늘은 무슨 국가대표 상비군을 키울 것처럼 굴었다.
사람 그렇게 안 봤는데 이준표의 강습은 빡셌다. 단순히 힘들었다는 전형적인 표현으로는 성에 안 찰 정도로 만만치 않았다. 네고 해 달라고 부탁할 때와 완전히 다른 모습에 또 다른 인격

체가 이준표 안에 숨어 있나 의심이 갈 정도였다.

"무조건 힘으로 밀어붙인다고 될 일이 아니야. 균형을 잡는 게 먼저라고. 밸런스!"

내 인생의 균형도 못 잡아서 갈팡질팡인데 구불대는 스네이크 보드 위에서 근육이라고는 오래전에 증발해 버린 몸뚱이를 데리고 안간힘을 써야 하다니!

"저기… 네가 몰라서 그러나 본데 나는 선수가 되겠다는 게 아니라 그냥 앞으로만 잘 가고 싶다고."

내 의도를 분명히 밝혀야만 했다. 안 그랬다간 근육통에 시달려 오래 살지 못할 것이다. 강습을 하다 말고 이준표가 나를 빤히 쳐다보았다.

"넌 그냥 앞으로만 가면 돼? 갑자기 장애물이 나타나면 훌쩍 뛰어넘거나 직선이 아닌 곡선을 그리면서 앞으로 가는 건 안 배워도 상관없어?"

정색하며 건넨 말에 가슴이 뜨끔했다. 이준표의 질문이 내 심장 가장 깊은 곳을 찌른 느낌이었다.

"이렇게 멋진 보드를 타고 직선 코스로만, 앞으로만 달리는 건 재미없지 않겠어? 점프도 해 보고 장애물도 가뿐히 넘어 보고 곡선도 그려 보고 하면 앞으로 나가는 게 더 재밌을 텐데."

나는 완전히 지쳤다. 이준표의 질문에 대답할 힘도, 스케이트보드를 더 탈 힘도 내게 더는 남아 있지 않았다. 이준표가 따라오라는 고갯짓을 했다. 뭐라고 대꾸할 힘도 없던 나는 이준표가 이끄는 대로 따라갔다. 우리는 처음 거래를 했던, 보드 파크 전경이 한눈에 내려다보이는 소나무 근처로 갔다. 이준표는 목에 걸고 있던 수건을 바닥에 깔았다.

"앉아, 여기."

거절할 이유는 어디에도 없었다. 소나무에 등을 대고 기대앉아 하늘을 올려다봤다. 서주혁에게 잘 보이겠다고 스케이트보드를 연습하는 동안에도 이렇게 지치지는 않았는데…….

"너, 얼굴 엄청 빨개."

이준표가 가방을 뒤적이더니 내게 생수를 건넸다. 이준표 애는 남의 얼굴을 빤히 쳐다보는 버릇이 있나 보다. 나는 절친 민지가 아니고서는 다른 사람 얼굴을 빤히 쳐다보는 행동은 못 하겠던데 얘는 눈 하나 깜짝 안 하고 똑바로 마주한다. 분명 내 얼굴이 빨개진 건 평소와 다른 운동량 때문일 것인데 이준표의 까만 동공이 온전히 내게 향하고 있다는 것도 한몫 거든 게 아닐까 착각할 정도였다.

나는 이준표가 건넨 생수를 천천히 마셨다. 내가 생수를 마시는 것을 보더니 이준표가 내게서 시선을 돌려 보드 파크 한구석에서 무언가를 반복적으로 연습하는 아이들을 주시했다.

"저건 무슨 동작이야?"

이준표는 나한테 동작들의 명칭도 모르면서 스케이트보드를 탔던 것이냐고 따져 묻지 않았다. 단지 연습하는 아이들 동작을 지켜보면서 내 질문에 대답했다.

"샤빗. 뒷발을 사용해서 몸은 회전하지 않고 스케이트보드만 백팔십 도 회전시키는 트릭이야. 봐 봐, 뒷발을 어떻게 움직이는지."

세 명의 아이들이 순서를 정해 가며 동작을 연습했다. 아직 완벽하게 동작을 소화하는 아이는 없었다. 이준표는 아이들이 아깝게 실패할 때마다 작게 탄식을 내뱉었다. 무리 중의 여자애가 샤빗을 시도할 때면 "파이팅."이라고 작게 응원도 해 주었다. 샤빗에 실패한 여자애는 넘어지고도 웃는 낯이었다. 이준표가 무언가에 홀린 듯 중얼거렸다.

"해리도 저렇게 같이 웃으면서 탔으면 좋았을 텐데……."

하마터면 해리가 누구냐고 물을 뻔했다. 그러나 내가 묻지 않았음에도 불구하고 이준표가 털어놓았다.

"내 전 여친이야, 해리. 내가 스케이트보드 타는 걸 엄청 질색했지."

"왜?"

무언가를 좋아하는 데에 특별한 이유란 게 없듯이 싫어하는

데에도 특별한 이유가 필요 없다. 누군가 내게 왜 당근을 싫어하냐고 묻는다면 그냥, 이다. 어느 날부터인지 생각조차 나지 않을 정도로 어느 날 문득 그냥 당근이 싫어졌다. 그게 전부다.

"위험하다고. 다칠 게 뻔하다고 생각했거든. 내가 괜찮다고 해리 앞에서 시범도 보였는데 피루엣 동작 보더니 소리를 꽥 지르더라고."

"피루엣?"

이준표가 나뭇가지 하나를 줍더니 그 위에 제 검지와 중지를 올려놓았다. 스케이트보드를 타는 사람을 표현하는 것 같았다. 허공으로 솟구친 나뭇가지 위에서 두 개의 손가락이 방향을 틀었다. 피루엣이 어떤 동작인지 한눈에 이해할 수 있었다.

나는 여친 앞에서 미끄러져 가는 스케이트보드 위에서 공중으로 날아올라 도는 이준표를 상상했다.

"해리는 보드 위에 올라선 나만 보면 심장이 철렁 내려앉는다고 했어. 그래서 내가 걱정된다고, 계속 사귀려면 스케이트보드 타는 것 그만두라고."

이준표는 보드 타지 말라는 여친의 잔소리가 사랑이라고 생각했단다. 그래서 참고 타지 않다가 여친 몰래몰래 스케이트보드를 탔다고 했다. 그러다가 왜 자신이 숨어서 보드를 타야 하는지 화가 났다고 했다. 여친을 설득하려고 할수록 말다툼이 잦

아졌고 자신의 유일한 관심사이자 취미를 이해하지 못하는 여친의 마음을 의심하게 되었다고. 자신은 여친의 취미인 RPG 게임을 이해하는데 왜 자신에게만 스케이트보드를 타지 말라고 강요하는지 납득하기 어려운 시간들이 쌓이기 시작했다고.

"첫사랑 때문에 스케이트보드를 참은 이준표나 짝사랑 때문에 타지도 못하는 스케이트보드를 탄다고 피똥을 싼 김이린이나……. 하아. 인생 참, 쯧, 쯧, 쯧이다."

이준표와 나의 경우를 두고 동병상련이라고 해야 할지 오십 보 백 보라고 해야 할지 어느 쪽이 맞는 건지 헷갈렸다. 보드 파크 경사로에 햇살이 퍼졌다. 초여름의 햇살이 경사로에 내려앉는 것을 바라보고 있자니 마음이 차분해졌다.

"넌 추억의 물건을 나한테 팔아 버려도 괜찮겠어?"

"응, 내 짝사랑은 끝났고 이 징글징글한 스네이크 보드 하나 남았어. 난 과거에 얽매이는 사람이 아니야. 앞으로 전진할 거라고. 그래서 팔아 버린 거지. 넌?"

이준표의 얼굴을 보고 있는데도 아무것도 읽어 내거나 예측할 수 없었다. 당연했다. 스케이트보드 판매자와 구매자로 만난 우리가 함께 한 것이라고는 거래뿐이니까.

"넌 내가 없어도 괜찮을 거 같다."

무슨 대사 읊조리듯 뱉어 낸 이준표의 말은 해석 불가였다.

"해리가 나랑 헤어질 때 한 소리야. 나보고 스케이트보드만 있으면 행복할 것 같다고. 진짜 그럴까 싶어서 확인하려고 다시 스케이트보드와 한 팀이 되기로 한 거지."

이준표는 억울하다고 했다. 서로 마음이 통해서 커플이 되었고 서로 좋아했는데 시간이 지나면서 왜 한쪽만 참아 내야 하냐고. 이준표는 PC 게임 마니아인 여친을 위해 잘하지도 못하고 별다른 관심도 없는 게임을 함께 했다고 했다. 나 같은 인간이 또 있다는 사실이 어처구니없기도 했고 위안이 되기도 했다.

이준표 말로는 자신도 한 발짝 양보했으니 여친도 함께 스케이트보드를 배울 줄 알았다고. 하지만 PC방에서 만나자는 여친의 요청, 같이 게임하자는 여친의 부탁, 게임하느라 자신과의 약속을 깜빡하는 여친의 모습을 보면서 자신의 소중한 취미를 이해받지도 못하면서 지켜 내려고 하는 관계가 제대로 가고 있는 건가 의구심이 생겼다고 했다.

"그래도 다행인 건가?"

이준표가 보드 바퀴에 묻은 흙을 손으로 툭툭 털어 내며 중얼거렸다.

"뭐가?"

"첫 여친이었고 첫사랑인데 헤어질 때 내가 찬 게 아니라 해리가 날 차서 말이야."

절로 혀를 차게 만드는 말이었다. 이준표는 이래서 안 된 거였다. 생수병에 남아 있는 물을 다 마셨다. 그런데도 목이 점점 더 마른 느낌은 뭔지. 하마터면 손을 뻗어 이준표의 등을 토닥거릴 뻔했다. 앞으로 나간 손이 민망해서 바닥에 떨어진 생수병 뚜껑을 주워 들었다.

"이준표, 넌 어른이구나."

어쩐지 이준표에게 이 말을 꼭 해 주고 싶었다. 첫사랑인 전 여친을 자기가 찬 게 아니라서 다행이라는 이준표와 쿨거래를 할 수 있어서 나 역시 천만다행이었다.

타고 가야 할 버스를 두 대나 놓쳤다. 정확히 말하면 놓친 게 아니라 보낸 것이 맞다. 스케이트보드 동영상에서 눈을 떼기 힘들었다.

반나절 클래스를 받고 나면 스케이트보드와 얽힌 모든 감정이 깨끗하게 정리될 줄 알았다. 착각이었다. 분명 정 떨어져서 홍당무마켓에 판매를 했는데 시간이 지날수록 팔아 버린 스케이트보드 생각이 더 절실해졌다.

"추억은 애당초 거래 품목에 넣어서는 안 되는 거였어."

후회해 봤자 버스는 떠났다. 다음 버스를 기다리면 그만이겠지만 원래 내가 제시간에 타려고 한 버스는 다음에 올 버스가 아니다.

그날, 반나절 클래스를 마치고 집으로 돌아오던 길이 눈앞에 펼쳐졌다. 이준표와 같이 편의점에서 짜장비빔을 먹었다. 만 원만 깎아 달라고 반나절 클래스까지 운운했던 애가 내 몫의 짜장비빔 값을 내려는 나를 말렸다. 홍당무마켓에서의 첫 거래였다고 했다. "나도."라고 말했다. 나도, 라고 말할 때 목소리가 의도치 않게 떨려서 깜짝 놀랐다. 피곤해서 목소리가 변한 것인 양 굴었다.

우리는 짜장비빔을 먹고 걸어가면서 홍당무마켓에 얽힌 수많은 거래 이야기를 나눴다. 얼마 전에 물건을 판다고 해 놓고 택배로 쓰레기를 보낸 사건부터 직거래하자고 해 놓고 물건을 건네받자마자 도망간 사건까지, 하나같이 흉흉한 소문들뿐이라서 첫 홍당무마켓 거래를 시도할 때 살짝 걱정스럽기도 했다고. 우리는 성공적인 쿨거래의 증인들이라며 의기투합했다.

"그럼 잘 가, 불타는 발바닥 님."

"오케이. 뱀처럼 스물스물 기어가 볼게, 그럼."

이준표는 유쾌했다. 헤어지는 길목에서 스네이크 보드에 가볍게 몸을 싣더니 정말 뱀처럼 좌우로 묘기를 부리며 가 버렸다. 장난기가 가득 담긴 느물거리는 눈빛에 나는 한결 가벼운 마음으로 집으로 돌아올 수 있었다. 그런데! 그 새털처럼 가벼운 마음이 내 방에 돌아와 베란다에 시선을 주는 순간 증발해 버렸다. 기묘한 일이었다. 베란다 한쪽에 자리를 차지하고 있던 스케이트보드가 환각처럼 나타났다.

홍당무마켓에 팔아 버린 건 내 스케이트보드였는데 어떻게 된 것인지 내 마음을 홀랑 팔아 버린 것 같아서 속이 쓰라렸다. 그런데 속쓰림의 정체가 명확히 뭔지를 모르겠다는 것이 더 큰 문제였다.

"이미 팔아 버렸는데……. 김이린, 너 정말 쿨하지 못하게."

버스가 왔다. 우리 집과 다른 방향의 버스였다. 망설일 것 없이 버스에 올랐다. 쿨하지 못해도, 구질구질해도, 추잡스러울지라도 가고 싶은 마음뿐이었다.

민지는 얼마 전에 선물 받은 핸드크림 세트가 자기 취향이 아니라며 홍당무마켓에 올렸다.

"살짝 열어 보기만 해서 새것이나 다름없는데. 사지도 않을 인간들이 꼭 이러더라."

민지는 툴툴거리면서도 물건을 팔기 위해 열과 성을 다해서 날아오는 메시지에 답장을 쓰고 있었다. 민지는 반드시 핸드크림을 팔 것이다. 홍당무마켓에서 민지의 거래 신용 등급은 최상위 등급인 '엔젤'이다. 지금도 핸드크림 뚜껑을 열어서 냄새를 맡아 봐야 팔지, 말지를 결정하는 것 아니냐고 투덜거려도 구매 희망자들의 메시지에는 엄청 친절하게 답해 주고 있을 게 안 봐도 뻔했다.

"민지야, 넌 물건 팔고 나면 네 물건들이 잘 있나 안 궁금해?"

내가 묻고도 엉뚱한 질문이란 생각이 들었다.

"엥? 뭔 소리야? 핸드크림 팔고 나면 사 간 사람이 다 쓰고 없어지겠지. 뭐가 궁금해?"

창밖을 보니 급식을 빨리 먹은 한 무리의 남자애들이 농구를 하고 있었다. 공을 잡고 달리던 남자애가 골대 앞에서 점프를 했다. 겁 없이 점프를 하던 누군가가 뇌리에 스쳤다.

"김이린. 너, 또 거길 갔어? 얘가 미쳤나 봐."

민지는 눈치가 빨랐다.

이준표에게 반나절 클래스를 듣고 쿨하게 굿바이를 해 놓고 그 뒤로 세 번 정도 우연을 가장해 보드 파크에 갔다. 처음에는 어딜 가다가 지나는 길인 척하면서 알은체를 했고, 두 번째는 숨어서 지켜보며 무슨 핑계를 댈까 고민하느라 한 시간 정도 허송세월하다가 허탕 치고 집으로 돌아왔고, 세 번째는 보드 파크 근처 버스 정류장에서 우연히 이준표를 만나는 바람에 놀라서 엉겁결에 아무 버스에 올라탔다. 끔찍한 건 이준표가 날 발견했다는 것이다. 버스 차창 밖에서 이준표가 날 알아보고 손을 흔들었다.

"응, 미친 것 같애."

"그러다가 발바닥 걔가 너 스토커로 신고하면 빼박이야."

실제로 이준표가 신고를 해도 할 말이 없을 것 같기는 했다. 나도 내 자신이 무슨 의도를 갖고 이러는지 궁금했다. 스케이트보드를 파는 순간 영원히 안녕이라고 확신했는데 팔아 버린 스케이트보드가 자꾸 꿈에 나타나는 건 뭔지.

짝사랑이 가고 또다시 내게 스네이크 보드가 온 건가? 만일 그렇다면 악몽인가? 스케이트보드의 저주라도 걸린 것일까?

"너 그러다 걸리면 쪽팔릴걸? 자꾸 그렇게 찾아가다가 걸리면 뭐라고 할래?"

마음의 준비가 필요했다. 이번만은 나도 민지처럼 계획형 인간이 되어야 하지 않을까 싶었다.

"이준표한테 다시 스네이크 보드 나한테 팔라고 할까?"

민지가 들고 있던 폰을 사뿐히 책상 위에 내려놓더니 갑자기 내게 돌진했다. 그러고는 인정사정없이 내 등을 때렸다. 민지의 손은 매웠다.

보드 파크 주변으로 녹음이 짙어졌다. 한여름을 관통하는 뜨거운 햇살과 숨이 막힐 정도의 습도가 사람들을 지치게 만들었지만 보드 파크에서 땀 흘리는 사람들에게는 예외인 듯했다. 이준표도 그들 중 하나였다.

"쟨 아무래도 국가 대표가 되려나?"

이준표의 후드 티셔츠는 민소매로 바뀌어 있었다. 땀범벅이 되었는데도 환하게 웃고 있는 모습에 나도 같이 웃을 뻔했다. 이준표의 묘기를 구경하고 있던 아이들은 이준표가 기술을 성공할 때마다 박수를 치고 환호성을 지르며 웃어 댔다.

보는 것만으로도 시원시원한 묘기에 소나무 아래 몸을 숨긴 것도 잊고 한 발자국 앞으로 나갔다. 반나절 클래스 때 이준표가 직접 보여 주며 설명한 보드슬라이드 기술을 선보이고 있었다. 레일 위에 올라가 데크 중간 부분에 체중을 실어 미끄러지는 모습이 군더더기가 없었다. 감탄하려는 찰나 이준표와 시선이 마주쳤다.

"어, 어!"

누구의 소리였는지 기억나지 않았다. 이준표가 레일 위에서 떨어져 바닥에 굴렀다. 나에게 보드를 가르치면서 낙법이 중요하다고 강조하더니만 정작 자신은 데구루루 굴렀다. 소나무를 붙잡고 이준표에게 가 봐야 하나, 말아야 하나 고민하고 있는데 이준표가 자리에서 일어났다.

"야! 그냥 나와. 너 귀신같이 뭐냐?"

무릎과 팔꿈치를 살피더니 이준표가 내 쪽으로 걸어왔다. 들통난 마당에 소나무 뒤에 숨는 것만큼 추잡스러운 일도 없겠지. 하필이면 내가 붙잡은 소나무가 제일 가는 나무였다. 내 몸을 숨기기엔 턱없이 부족했다.

"내가 왜 귀신이야?"

내 질문을 듣고도 이준표는 대답 없이 그저 나무 아래 털썩 주저앉았다. 나는 들고 온 에코백에서 생수를 꺼내 이준표에게 건넸다. 서 있는 나를 이준표가 올려다봤다. 그러더니 내가 내민 생수를 말없이 받아 마셨다. 생수를 반쯤 마시고는 날 다시 쳐다봤다. 나는 다 마셔도 된다고 고개를 끄덕여 줬다. 대화가 없어도 서로의 의도를 충분히 읽었다. 이준표가 남은 생수를 맛있게 마셨다.

"쿨하지 못해서… 미안."

제대로 된 문장을 말하지 않았는데도 이준표는 다 알아듣는 눈치였다. 피식, 하고 바람 빠지는 소리를 내며 웃었으니까. 아마도 쿨거래를 강조하던 내 모습을 떠올렸을 것이다. 네고 해 달라는 자신에게 구질구질하게 왜 이러냐면서 훈계하고 잘난 척하던 내 모습도 덩달아 연상되었겠지.

이준표가 자리에서 일어섰다. 나와 함께 나란히 서서 보드 파크를 바라보았다. 첫 거래에서 함께 보드 파크를 바라보며 서로의 실패한 감정에 대해 이야기를 나눈 기억을 헤집고 웃음기 가득한 이준표의 목소리가 들렸다.

"아니, 쿨하지 못해서 다행이야. 가르쳐 줄까, 보드 타는 법?"

이준표가 내 등을 밀었다. 소나무 그늘에서 나와 햇볕이 뜨겁게 내리쬐는 보드 파크 안으로 우리는 함께 발을 옮겼다.

작가 노트

누군가의 마음도, 추억도… 홍당무마켓에서 쿨하게 거래할 수 있을까?

이재문

오늘의 무료 나눔

이
재
문

어린이와 청소년이 훨씬 많은 '학교'라는 나라에서 '어른'이라는 이방인으로 살아가며 이들을 유심히 살피고, 이해하고, 가까워지기를 바란다. 이 나라에서 보고 들은 것들을 이야기로 쓰기를 좋아한다. 한편, 나다운 이야기가 무엇인지 발견하려 노력하는 중이다.
지은 책으로 동화 《몬스터 차일드》《언니는 외계인》《히든 : 꼴까닥 섬의 비밀》《마이 가디언》《드래곤 히어로》 시리즈, 청소년 소설 《식스팩》《우리들의 마녀 아틀리에》《신록의 루미나》 등이 있고, 《바깥은 준비됐어》《친구의 친구》《장난이 아니야》《라이징 4학년》에 단편 소설로 함께했다.

1

〈허니키친×스웨거 콜라보 스웩키친 시리즈 7번!(S급)〉
운동화 브랜드는 뭐니 뭐니 해도 스웨거인 거 아시죠? 이번에 스웨거와 미국의 제일 핫한 팝 아티스트 허니키친이 콜라보 한 스웩키친 시리즈입니다. 그중 가장 최근에 출시된 신상 중의 신상 스웩키친 7번!
오늘 단 하루만 단돈 15만 원에 드립니다. 쿨거래 시 네고 가능! 연락 주세요.

제목과 내용을 쓴 뒤 다양한 각도에서 찍은 정면 샷을 여러

장 올렸다. 그리고 디테일 샷도. 중고 거래의 생명은 신뢰. 제품에 하자가 없다는 것을 증명하기 위해서라도 자세한 사진은 기본이다. 신발 밑창과 신발끈, 옆면, 윗면, 신발 내부, 그리고 박스와 더스트 백까지 꼼꼼하게 찍어 예쁘게 보정하여 올렸다.

이만하면 곧바로 연락 오겠지? 그런데 한 시간을 기다렸건만! 연락은커녕 조회 수도 올라가지 않았다.

"망할! 빨리 좀 팔려라."

엄마는 내게 참을성을 기르라고 했지만, 중고 거래에서만큼은 그놈의 참을성을 발휘하기가 힘들다. 내 나름 중고 거래 경력이 쌓여서 가지마켓 온도가 39.9도였지만, 해도 해도 힘든 게 바로 중고 거래였다.

나는 다시 한번 가지마켓 앱을 열어 연락 온 거 없나 들여다본 뒤, 신발장을 열어 보았다. 누군가는 "무슨 신발을 그렇게 사들이냐."라고 말할지 모르지만, 나에게는 '인기템 고작 열 개'에 불과했다. 신발 마니아로 유명한 어느 인플루언서는 방 한 개가 온통 신발 박스로 꽉 차 있었다. 내 꿈이 바로 그거다. 신발로 가득 찬 방을 갖는 거.

오늘은 어떤 신발을 신어 볼까? 열 켤레의 신발들을 빤히 바라보고 있는데, 어쩐지 심드렁해졌다. 한 번씩은 다 신어 본 신발들. 지겨워.

친구들이 "너 그거 또 신어?"라고 말할지도 모른다. 그러니 나에게는 새 신발이 필요했고, 새 신발을 사기 위해서는 스웩키친 7번이 팔려야만 한다. 그런데 하필 스웩키친 7번은 다른 번호들과 달리 인기와 거리가 멀었다. 멀어도 너무! 처음 한정판 판매를 시작할 때만 해도 이 정도일 줄은 몰랐다. 밤새도록 줄을 서 기다려 구입했건만, 다른 시리즈와 달리 7번은 인기가 별똥별보다도 빠르게 추락했다. 남들 눈에 안 예쁜 7번은 내 눈에도 예쁘지 않았다. 방출은 당연한 수순이었다.

그러나 팔리지 않는다는 게 문제! 정가가 20만 원이나 하는 제품을, 그것도 새것이나 다름없는 'S급'을 15만 원에 내놓았다. 하지만 과연 팔릴지는 오리무중. 그래서 더 초조해지기도 한다. 이러다 이 녀석을 영원히 안고 가야 하는 건 아닌지. 무엇보다도 녀석을 팔아 또 다른 신상 신발을 사고 싶다는 내 계획에 차질이 생길까 봐.

최근에 성적이 많이 떨어졌다. 아니, 최근 일이 아니다. 6학년 때까지만 해도 나름 잘 유지되던 성적이 중학교 들어오면서부터 하락 곡선을 그렸다. 급기야 3학년 1학기 중간고사를 완전히 망쳐 버렸다. 그 바람에 부모님은 내 용돈을 똑 끊었다. 나에게는 그게 가장 큰 근심거리이다.

친구들에게서 연락이 왔다.

> 이해수 어디냐? 우리 PC방인데.

> 여자애들도 벌써 다 왔어. 빨리 와. 너만 오면 코노 ㄱㄱ

아, 이런. 신고 나갈 신발을 고르다가 시간이 훌쩍 지나 버렸다. 오늘은 현도 생일이라 다 같이 모여서 놀기로 했다. 약속 시간이 임박해 있었다. 그렇다고 시간 없다는 핑계로 아무거나 막 신고 나갈 수는 없는 법. 신발은 내 자존심이다. 친구들은 내가 무슨 신발을 신고 나오는지 늘 눈여겨본다. 우리 학교 신발계의 선두 주자인 내가 전에 신었던 신발을 또 신고 나가면 아마도 많이 실망할 것이다. 그러나 고민이 깊어져도 이렇다 할 답을 못 찾고 있을 때였다.

가지마켓 앱 알림이 울렸다.

> 안녕하세요. 신발 아직 있나요?

나는 튀어나올 듯한 눈으로 다다다다 빠르게 메시지를 입력했다.

> 안녕하세요! 네, 있습니다!

> 구매 의향 있어요. 괜찮다면 한번 살펴볼 수 있을까요?

갑자기 도파민이 팡팡 터져 나왔다. 오오! 드디어 팔리는 것인가!

> 당연하죠! 가까운 곳에서 지금 바로! 시간 되신다면 당장 신발 들고 나가겠습니다!

> 아, 지금요? 시간이… 네, 지금 돼요.

"이얏호!"

나는 주먹을 불끈 쥐며 환호를 질렀다. 넘어왔구나! 나는 구매자와 메시지로 시간과 장소를 정한 뒤, 곧바로 나갈 채비를 했다. 신발장에서 스웩키친 7번을 꺼내 종이 가방에 넣으며 녀석에게 말했다.

"잘 가라. 넌 나랑은 너무 안 맞았지만 좋은 주인 만나서 널 예쁘게 신어 주길 바라. 나는 널 팔고 조금 더 인기 있는 녀석을 데려올 테니. 음하하하!"

친구들에게는 급한 일이 있으니 먼저 놀고 있으라고 답장을 보냈다. 아이들이 뭐가 그리 바쁘냐고 묻기에, 이렇게 답했다.

> 이번에 신상 신발이 나왔는데, 그게 한정판이라잖아.
> 오늘이 예약 판매 시작하는 날이거든.

그러고는 내가 찜해 놓은 신발 사진을 단체 채팅방에 올렸다. 아이들이 역시 해수라며, 기대하겠다고 '좋아요'를 마구 보냈다. 사실 찜해 놓은 그 신발은 이미 1차 한정판이 추첨제로 다 팔렸다. 그래도 일단은 이렇게 말하고 봐야 한다. 그래야 애들이 별소리 안 하니까.

2차 한정판은 2주 뒤에 풀린다. 꼭 갖고 싶은 신발이니까 그 전에 반드시 돈을 마련해야 한다. 자그마치 30만 원이라 솔직히 좀 버겁기도 하다. 그러나 이해수, 너는 할 수 있다. 아자 아자!

약속 장소는 집 근처 편의점이었다. 이제 곧 6월이라 날은 점점 열기를 더해 갔다. 달력은 아직 봄인데, 햇살은 여지없이 한

여름이었다. 땡볕을 피해 편의점 차양 아래로 몸을 구겨 넣었다. 구매자가 언제나 오려나, 목이 빠져라 좌우를 살폈다.

그때, 우리 학교 교복을 입은 남학생이 다가오는 걸 발견했다. 나는 그 애를 한 번 힐긋 보고는 고개를 돌렸다. 내 신발을 살 것 같진 않았으니까. 마침 가지마켓 앱 알림이 울렸다.

어디세요? 도착했어요.

그 남학생이 스마트폰으로 메시지를 보내고 있었다. 나는 폰과 그 애를 번갈아 보다가 긴가민가하며 답장을 썼다.

혹시 장미중 다니세요?

네.

짧게 돌아온 메시지에 나는 미어캣처럼 고개를 번쩍 들었다. 그 애도 나를 향해 고개를 돌렸다. 눈이 마주친 순간, 나는 환하게 웃으며 반갑게 손을 흔들었다.

"안녕! 와, 너구나! 스웩키친 7번!"

그 애는 나를 나만큼 반가워하진 않았다. 그저 무뚝뚝한 얼굴로 손을 한번 슬쩍 들더니, 그렇게 알은체를 끝냈다. 뭔가 어색하고 가라앉은 분위기가 연출됐다.

아, 이러면 안 되는데. 불안감이 엄습했다. 중고 거래의 기본 또 한 가지. 아무리 중고라지만, 거의 새것에 가까운 물건이다. 잔뜩 기대한 마음으로 판매자를 맞이하는 게 구매자의 마땅한 태도이거늘. 어째서 경계하는 눈빛으로 나를 바라보지? 뒷덜미가 서늘해졌지만 속내를 감추고 반달 눈웃음으로 그 애를 마주했다.

"말 놔도 돼? 나 3학년이거든."

"나도 3학년인데."

"진짜?"

헉 소리가 나올 뻔했다. 3학년이라니. 세 반밖에 안 돼서 웬만한 얼굴은 익숙한데, 이 아이는 정말이지 처음 보는 얼굴이었다. 내가 의아해하는 걸 눈치챘는지 그 애가 덧붙였다.

"3월 2일에 전학 왔어."

"아."

전학을 왔구나. 그럼 그렇지. 우리 학교 마당발 중 마당발인 내가 모를 정도면, 전학 말고는 없을 것이다. 그럼 우리 학교에

나 말고 신발 모으는 애가 또 생기는 걸까? 그렇다기엔 지금 전학생이 신고 있는 신발은 너무나도 평범했다. 뭐야, 그러고 보니 브랜드 신발도 아닌 것 같은데? 좀 의아했지만, 신발을 판매하는 입장에서 굳이 쓸데없는 말을 할 필요는 없었다. 나는 그저 슬쩍 내가 들고 온 종이 가방만 내밀었다.

"이게 그 유명한 스웩키친 7번이야. 그런데 너도 운동화에 관심 많나 봐?"

전학생이 고개를 저었다.

"아니."

"엥? 그런데 스웩키친은 왜 사려고?"

특별히 관심 있지도 않은데 굳이 비싼 스웩키친을? 그것도 인기 없는 7번을 살 정도면 인정하긴 싫지만 나보다도 훨씬 덕후여야 했다. 그런데 돌아온 대답은 내 예상과 많이 달랐다.

"허니키친 팬이거든. 7번 신발 디자인이 제일 예뻐."

7번이 예쁘다고? 취향 참 특이하네. 스웩키친 시리즈를 모으는 사람들 가운데에서도 7번은 불호가 많았다. 대체 왜 그렇게 난잡하게 만들었냐며 다들 아쉬움을 드러냈다. 커뮤니티의 박한 평가가 7번의 가격 폭락을 이끌기도 했다.

너는 정말 아무것도 모르는구나? 그렇지만 속으로만 생각하고 말았다. 나는 그저 팔면 그만이니까. 그런데 이 애와 거래

하는 데 있어 한 가지 꺼려지는 게 있었다. 바로 우리 학교라는 점! 신원 파악이라도 좀 해 볼까?

"난 3반 이해수. 넌 몇 반이야? 이름은?"

"난 1반 강재이. 한번 살펴봐도 돼?"

"에이, 살펴보고 말고 할 게 뭐 있어. 그냥 가져가면 돼. 내가 아까 사진 다 찍어 올렸잖아."

"그래도 살펴보고 싶은데."

아주 칼 같은데? 나는 마지못해 고개를 끄덕였다. 재이는 신발을 꺼내더니 신발끈 끝부분부터 살피기 시작했다. 뭘 그렇게 꼼꼼하게 살피는지. 이미 사진으로 다 봤을 거면서. 아무튼 나는 그런 재이를 힐끔거리며 말할 타이밍을 노렸다.

"저기 있지……."

"응?"

"너, 그… 학교에서 이거 나한테 샀다고 말 안 했으면 좋겠는데……."

나는 스웩키친 열혈 마니아라며, 친구들에게 이 시리즈를 전부 다 모을 거라고 큰소리를 쳤다. 그런데 돈이 필요하다는 이유로 신발을 팔았다는 게 알려지면 얼마나 망신일까. 아이들은 우리 집에 신발이 백 켤레 가까이 있는 줄 안다. 정말로 그간 내가 사고판 신발들이 백 켤레는 될 것이다. 나는 그것들을 하나하나다 찍어서 SNS에 올렸다. 실은 내게 남은 신발이 열 켤레 남짓이라는 걸 안다면 애들이 뭐라고 할까? 상상만으로도 어질어질했다. 재이는 내 말에 대답도 하지 않고 신발을 살피는 데 여념이 없었다.

"여기 흠집 있는데?"

"뭐? 어디?"

재이가 가리킨 곳을 뚫어져라 바라보았지만, 아무리 봐도 흠집을 찾을 수 없었다. 재이는 다시 한번 내 눈앞에 신발을 들이댔고, 그제야 브랜드 로고가 붙은 신발 혀에 생긴 아주 미세한 스크래치를 발견했다.

"와, 이거는 생활 기스야!"

"여기도 있고, 여기도 있고, 여기도 있어."

이곳저곳 족집게처럼 집어내더니 뜬금없이 말했다.

"네고 해 줘."

"아니, 갑자기 무슨 네고를……."

"쿨거래 하면 네고 해 준다며."

"그, 그야 그랬지만… 어, 얼마에?"

"5만 원."

"에?"

너무 황당해서 말이 나오지 않았다. 재이는 얼굴색 하나 변하지 않고 재차 요구했다.

"5만 원이면 충분한 것 같은데."

그 진지한 태도에 하마터면 넘어갈 뻔했다. 나는 정신을 퍼뜩 차리고 인상을 팍 구겼다.

"미쳤냐, 이걸 5만 원에 넘기게? 정가가 20만 원이고, 이거 딱 한 번 집에서 신어 본 게 다인 새 신발이라고! 15만 원만 해도 충분히 싸!"

"가지마켓 다 찾아봤는데, S급 시세가 15더라고. 싫음 말고."

재이가 발길을 돌리려 했다. 나는 급하게 재이를 붙잡았다.

"아, 아니 그래도 5만 원은 아니지!"

"그럼 십."

"시, 십?"

이런 십 같은……. 10만 원이면 몇 번 신어서 밑창에 흙 좀 묻고 신발에 주름 좀 간 제품 가격이나 마찬가지였다. 그 가격에 팔 수는 없었다. 그런 내게 재이가 결정타를 날렸다.

"잠복해 보니까 15에는 절대 안 팔리던데? 수요가 없더라고. 기다리면 가격 점점 빠질 것 같던……."

"알았어, 알았어! 치사하고 더러워서 10에 판다!"

재이는 그제야 미소를 지었다. 와, 저 사악한 놈! 5만 원 권 두 장을 받아 주머니에 넣으면서도 골이 아팠다. 새 신발을 사려면 15만 원으로도 턱없이 부족한데, 10만 원에 팔다니. 2주 안에 어떻게든 돈을 마련해야 하는데, 어디서 구한다……. 그나저나 돈도 돈이지만, 녀석에게 부탁할 것도 있었다.

"야, 10만 원에 넘겼으니까 그 신발 나한테 샀다고 아무한테도 말하면 안 된다. 만에 하나라도 그 입을 놀렸다간 당장 찾아가서!"

"걱정하지 말고, 이거나 먹어."

녀석이 작은 비닐을 내밀었다. 카드처럼 생긴 작은 쪽지와 말랑캔디 하나가 들어 있었다. 병 주고 약 주는 건가? 나는 비닐 입구를 뜯어 쪽지부터 꺼냈다.

> 무료 나눔 감사드려요.
> 말랑캔디 맛있게 드시고,
> 오늘 하루도 행복하세요!

"무료 나눔 아닌데?"

"중고 거래 끝나면 하나씩 주고 있어. 너도 말랑캔디 먹어."

재이는 말랑캔디 하나를 입에 넣고 질겅질겅 씹었다. 나도 모르게 말랑캔디 껍질을 깠다. 입에 넣자 달콤한 향이 퍼졌다. 나는 말랑캔디가 재이인 양 씹으며 녀석을 흘겨보았다. 녀석은 거래가 만족스러웠는지 신발을 보고 또 보았다.

"그렇게 좋냐?"

"좋지 그럼. 좋은 물건 싸게 샀는데."

재이가 얄미우면서도 한편으로는 녀석의 거래 스킬이 부러웠다. 알고 보면 중고 거래 흥정의 대가 아닐까? 밀당이 장난 아니던데. 네고는 한 번도 해 본 적 없고, 대부분 충동적으로 물건을 사는 나와는 달라도 너무 달랐다. 이참에 흥정 기술을 좀 배워 보고 싶기도 했다.

"근데 넌 어떻게 그렇게 값을 잘 깎냐? 비결이 뭐야?"

"비결이라기보단, 내가 볼 때는 네가 너무 쉽게 깎아 주는 것 같아. 그런 사람을 보고 뭐라 그러더라. 호······."

"뭐? 호구?"

"아니. 호감형."

"아이 씨. 누구 놀리냐?"

나는 혀를 쯧 차며 신발을 애지중지하는 재이를 곁눈질했다. 너무 좋아하는 거 아니야?

"거래 성사된 김에 묻자. 솔직히 그거 인기 더럽게 없거든? 그런데 왜 사? 나 같으면 차라리 다른 시리즈 사겠다."

"인기가 있건 없건 뭔 상관? 내가 좋으면 그만이지. 난 이 신발이 제일 예쁘던데?"

재이는 한쪽 입꼬리를 씰룩 올리더니 금세 다시 무뚝뚝해져서는 자긴 다음 할 일이 있어서 가 보겠다고 했다. 안 그래도 아까 약속 시간 정할 때 고민하는 것 같더니.

"어디 가는데?"

"유아차 무료 나눔 받으러."

"유아차? 너 어린 동생 있냐? 그거 받아서 뭐 하려고?"

"알아서 뭐 하게?"

"기분이 안 좋아지려 하네. 나는 좀 알면 안 되냐? 신발도 싸게 넘겼는데!"

"몰라. 난 이만 바빠서 간다. 좋은 거래였어. 안녕."

쌩하니 가 버리는 재이의 뒷모습을 바라보며 나는 아쉬운 입맛을 다셨다. 아무리 생각해도 너무 싸게 팔았어, 흑흑. 그나저나 재이 저 녀석, 되게 특이하네. 무료 나눔이라니. 그걸 받아서 어디다 쓰려고? 궁금했지만, 재이 말마따나 내가 알아서 뭐 하겠는가?

나는 곧장 폰으로 친구들에게 메시지를 보냈다.

> 아, 오늘 신발 못 구했음. 역시 한정판 구매는 신이 허락하셔야 하나 봐. 어디임? 나 지금 출발.

2

처음엔 신발을 너무 싸게 넘긴 게 아닌가 싶어 속이 좀 쓰렸다. 그래도 시간이 좀 지나자 잘했다는 생각이 들었다. 어차피 가지고 있어 봤자 팔리지도 않을 거. 가치가 올라가는 신발이 아닌 이상, 손절하는 게 답이었다. 한마디로 스웩키친 7번은 실패한 투자였다.

그런데 웬걸. 며칠 뒤 운동화 커뮤니티에 뜬 기사를 보고 나는 눈이 뒤집어지는 줄 알았다. 아이돌 그룹 가디언스 리더가 그 신발을 신어서 갑자기 7번의 인기가 급상승한 것이다. 이런 말도 안 되는 일이……

나는 그길로 재이를 찾아가서 통사정했다.

"야, 그거 나한테 다시 팔면 안 되냐?"

"뭐래."

재이는 눈살을 찌푸리며 등을 돌렸다. 이대로 포기할 수는 없어 재이를 쫓아다녔다. 그러자 재이가 나지막한 목소리로 나를 협박했다.

"너 계속 이러면 네가 지켜 달랬던 비밀 다 까발린다."

"와, 진짜… 됐다!"

나는 떡상할 아이템을 알아보지도 못하고 헐값에 손절해 버린, 천하의 호구가 되었다. 호감형은 개뿔!

이후로 나는 재이를 원수로 여기기로 했다. 감히 내 소중한 신발을 싼값에 주워 먹은 나쁜 놈! 그러나 아무리 녀석을 욕해 봤자 신발이 돌아오는 건 아니었다. 한정판 신발을 살 돈이라도 마련되면 좋으련만. 이제 일주일 앞으로 구매일이 다가왔지만, 여전히 돈이 모자랐다. 뭘 좀 더 갖다 팔아야 하나 싶었지만, 내게 남은 신발들은 절대 팔 수 없는 것들과 팔리지 않을 것들뿐이었다.

부족한 돈을 마련하기 위해 궁리하던 중, 중고 거래 앱에서 소소한 알바라도 해서 돈을 벌자는 아이디어가 떠올랐다. 곧바로 가지마켓 앱에 접속해 내가 할 수 있는 일들을 찾아보았다. 전단지 알바부터 반려동물 시터, 가게 설거지 알바, 초등학교 녹색 교통 봉사 대타까지. 이런저런 알바들이 올라와 있었다. 하지만 내가 할 수 있는 일은 딱히 없었다. 아쉬운 마음에 화면을 보며 아래로 쭉쭉 스크롤을 내리고 있을 때였다.

재이의 닉네임이 눈에 띄었다.

⟨육아 필수템 유아차 판매합니다⟩

재이가 유아차를 판다고? 무심코 녀석의 닉네임을 눌렀다가 자세를 고쳐 앉게 됐다. 전자레인지, 노트북 같은 전자 제품부터 의자나 빨래 건조대, 체중계까지 잡다한 물건들이 판매 물품으로 등록되어 있었다. 아니 얘는 무슨 만물상도 아니고, 뭐 이런 걸 다 판대? 그러다 문득 재이가 얼마 전 나와 거래할 때 유아차를 무료 나눔 받으러 간다고 했던 게 떠올랐다.

잠깐만. 뭔가 이상한데? 재이가 판매하는 물건들이 실은 죄다 무료 나눔을 받은 물건이라는 확신이 들었다.

다음 날, 나는 곧바로 재이를 찾아가 따지듯 물었다.

"너 무료 나눔 되팔이냐?"

재이는 얼굴색 하나 변하지 않고 대꾸했다.

"뭔 소리야?"

도둑은 제 발이라도 저린다던데, 이 파렴치한 자식은 어째 모르쇠로 일관하려는 듯했다. 그럼 내가 조목조목 따져 줘야지. 나는 유아차 무료 나눔 글을 캡처한 것과 재이가 팔고 있는 유아차를 캡처한 것을 녀석 앞에 들이밀었다.

"이래도 발뺌이야?"

재이는 그것을 물끄러미 바라보더니 성가시다는 듯 내 폰을 자기 얼굴 앞에서 치웠다.

"그게 뭐."

"그게 뭐라니! 넌 양심도 없냐? 사람들이 선의로 무료 나눔 한 걸 되팔면 어떡해?"

재이가 코웃음을 흘렸다.

"뭐, 선의로 나누어 준 것도 있지. 하지만 대부분 오래됐거나 쓸모없어져 사용하지 않는 물건들이 많아. 나는 그것들을 잘 리폼해서 합리적인 가격에 되파는 거고. 다시 말해, 나는 일종의 수리비를 받는 거지, 양심 없는 되팔이는 아니거든."

와, 말 잘하는 거 봐. 재이가 이렇게 말 많은 애였는 줄 몰랐다. 나는 다시 보게 됐다는 눈으로, 하지만 너무 낯설고 섬찟하다는 눈으로 녀석을 보았다. 재이는 뭘 그리 쳐다보냐는 듯 어깨를 으쓱하더니 고개를 돌리고 가 버렸다.

"상종 못 할 놈일세. 완전 사기꾼 아니야?"

나 또한 그때는 혀를 끌끌 찼다. 그런데 운명이 장난이라도 친 걸까. 얼마 후 녀석과 끈적하게 엮이는 일이 발생하고 말았다. 내가 사기꾼의 도움을 받게 될 줄이야.

결국 돈을 모으지 못해 2차 한정판 구매에도 참여하지 못했다. 아쉬운 마음에 신발 경매 사이트에 들어갔지만, 소량 올라온 물건들은 프리미엄이 백 퍼센트가 넘게 붙어 있었다. 돈이 없어 정가로도 못 샀는데 프리미엄을 주고 두 배 가격에 어떻게 산단 말인가. 허전한 마음을 달래려 가지마켓에 들어갔다. 어디 괜찮은 중고 신발이라도 올라와 있으면 사고 싶었는데, 검색을 하다가 두 눈을 의심하게 만드는 글을 발견했다. 바로 내가 사려던 그 물건이 매물로 올라온 것이다.

개봉도 못 해 본 물건, 개인 사정으로 정가보다 조금 싸게 팝니다. 가장 먼저 입금하시는 분에게 넘겨요.

손이 벌벌 떨렸다. 이건 사야 한다는, 당장 사야 한다는 생각뿐이었다. 서둘러 메시지부터 보냈다.

> 제가 사고 싶은데요. 물건 있나요?

> 지금 문의가 너무 많아서요. 먼저 입금해 주시면 예약 걸어 드릴게요.

> 계좌 주세요. 바로 입금합니다.

곧 계좌 번호가 날아왔다. 나는 재빨리 은행 앱을 열고 판매자에게 돈을 이체했다.

> 입금했습니다. 됐나요?

네, 확인했습니다.

한숨 돌린 나는 곧바로 다음 단계로 넘어갔다.

> 지금 바로 거래하고 싶은데요.
> 어디세요? 제가 그쪽으로 갈게요.

죄송해서 어쩌죠. 저 지금 일하는 중이라. 회사 마치고 연락드릴게요.

마음 같아서는 당장 회사에 찾아가고 싶었다. 하지만 회사에 신발을 가져갔을 리도 없고, 너무 보채면 거래를 하지 않겠다며 돈을 돌려줄지도 모를 일이었다. 하는 수 없이 기다려 보기로 했다.

그런데 어찌 된 일인지 그날 저녁, 그 사람은 회사에서 회식이 있다며 다음 날 거래를 하자고 했다. 그러면서 자기가 약속을 어겼으니 원한다면 돈을 환불해 주겠다는 게 아닌가?

> 아니에요! 내일 거래하면 되죠!
> 내일 연락 주세요!

다음 날도 그는 이런저런 핑계를 대며 거래에 응하지 않았다. 슬슬 불안해졌다. 뭐지? 하지만 나는 사기일 리는 없다고 애써 불안한 마음을 달랬다.

이튿날 하굣길, 나는 전전긍긍하며 폰만 붙잡고 있었다. 판매자가 오늘 만나자고 해 놓고는 연락이 두절된 것이었다. 판매자의 전화번호로 전화를 걸어도 통화가 연결되지 않았다. 나는 교문 앞에 서서 연달아 메시지를 보냈다.

> 저기요. 오늘 어디서 보는 건가요?

> 답장 좀 부탁드려요. 저 그 신발 너무 갖고 싶었거든요.

하지만 사라지지 않는 숫자 1을 바라보며 나는 어찌할 바를 몰랐다. 내가 사기를 당할 거라고는 한 번도 생각해 본 적이 없었다. 그때 교문을 향해 다가오는 재이의 모습이 보였다. 녀석은 스웩키친 7번을 신고 있었다. 왠지 녀석과 잘 어울렸다. 그걸 보니 속이 더 쓰리는 듯했다.

저것만 팔지 않았어도 사기를 당하지 않았을 텐데. 어이없게도 나는 이 모든 것의 원인을 재이에게서 찾고 있었다. 이런 내가 싫어지려는 찰나, 어쩐 일인지 재이가 가까이 다가왔다. 주머니에 손을 찔러 넣은 채 나를 위아래로 훑어보더니 무뚝뚝한 목소리로 말했다.

"내가 웬만하면 남 일에는 참견 안 하는데, 너 혹시 무슨 일 있냐?"

"뭐가?"

"아까 점심시간에도 복도에서 폰만 붙잡고 있던데?"

나는 전에 녀석이 내게 했던 말을 돌려주기로 했다.

"알아서 뭐 하게?"

재이가 피식 웃음을 흘렸다.

"하긴. 내 알 바 아니지. 그럼 나는 간다."

너무 쿨하게 돌아서니 신경질이 났다. 그래서 나도 모르게 헛말이 나갔다.

"야, 이 사기꾼아! 너 때문에 돈만 날렸잖아!"

재이가 우뚝 멈추어 서서는 나를 돌아봤다.

"내가 왜 사기꾼이야?"

"그게 아니고……. 하이 씨. 야, 나 사기 당했어."

재이의 미간에 좁은 주름이 잡혔다.

"사기?"

"응. 너무 짜증난다. 내 피 같은 돈! 스웩키친 7번 팔아서 마련한 돈인데!"

그러고 싶진 않았지만, 자꾸만 재이의 신발을 힐끔 쳐다보며 탄식을 내뱉게 됐다.

"진짜 사기 당했어?"

"그렇다니까. 사람 말을 못 믿네."

"어디 줘 봐."

재이가 손을 내밀었다. 나는 사기꾼과 나눈 메시지를 보여 주며 그간의 일을 털어놓았다. 그런다고 이제 와서 돈을 돌려받을 수는 없겠지만, 누구에게라도 털어놓고 속이라도 좀 시원해지고 싶었다. 친구들에게는 사기 당했다는 말을 꺼내지도 못했다. 자칫 무시와 조롱이 날아들지도 모르니까. 등신같이 뭔 사기를 당했냐고 말이다. 부모님에게는? 큰일 날 일이라 애초에 엄두도 내지 않았다.

재이라면, 내 얘기에 공감하진 못해도 들어 줄 것 같다는 생각이 들었다. 녀석은 아주 차가운 놈이니까. 그런데 재이가 의외의 말을 했다.

"야, 이거 돈 찾을 수 있어. 내가 네 폰 좀 써도 되지?"

"어? 어!"

재이는 빠르게 손을 움직이기 시작했다. 판매자의 닉네임과 판매 글, 나와 나눈 대화를 캡처하더니 판매자에게 메시지를 보냈다.

> 경찰서에 신고하겠습니다.

그러고는 곧바로 중고 거래 사기 신고가 가능한 앱을 다운받아 무언가를 입력했다. 그간 중고 거래를 많이 한 나지만, 사기 신고 앱이 있다는 건 처음 알았다. 재이가 신고하겠다고 메시지를 보냈을 때만 해도 반응이 없던 판매자는 신고가 끝나자마자 연락해 왔다.

> 오늘 밤까지 입금해 드릴 테니, 신고 취소해 주세요.

재이가 사용한 앱은 신고 당한 사람에게 연락이 가는 시스템인 모양이었다.

"와, 이거 대박인데?"

재이는 아직 안심할 때는 아니라고 하면서 판매자에게 답장을 보냈다.

> 밤까지 못 기다려요. 오후 6시까지 보내 주지 않으면 합의는 없습니다.

재이는 내게 폰을 돌려주며 돈이 입금되지 않으면 내일 당장 경찰서에 찾아가 구체적인 신고 절차를 밟자고 했다. 아직 끝난 게 아니라고 생각하니 심장이 조여 왔다. 반면 재이는 오히려 침착하게 대응했다.

"만약 내 일이었다면, 난 돈만 돌려받고 끝내지 않아. 차라리 그 돈 안 받고 제대로 신고하고 말지. 이런 놈들, 완전 상습이야. 네가 신고 취소하면 비슷한 수법으로 너 같은 호구 잡아서 또 사기 칠걸?"

"뭐, 뭐? 내가 호구라고?"

재이는 말실수라며 멋쩍어했지만, 사실 나는 할 말이 없었다.

호구 맞으니까. 반면 재이는 단단한 호두 같았다. 어쩜 이렇게 일을 척척 잘 처리하지? 찔러도 피 한 방울 안 나올 것 같은 녀석인 줄만 알았는데, 이제 보니 컴퓨터였구나. 아니, AI라고 하자. 뭐든 해결해 줄 것만 같은 척척 AI.

그날 오후 6시. 정말로 사기꾼에게서 돈이 입금됐다.

> 앞으로는 착하게 살아! 사기 치지 말고!

나는 그렇게 메시지를 보냈다. 놈은 묵묵부답이었지만 속이 다 후련했다. 감히 소중한 내 돈을 꿀꺽하려 하다니! 또 한 번 걸리면 재이 말마따나 그냥 넘어가지 않으리라.

나는 고마운 마음에 재이에게도 메시지를 보내려 했다. 그런데 생각해 보니 재이의 전화번호는 알지 못한다. 재이와는 가지마켓에서만 메시지를 주고받았으니까. 나는 가지마켓으로라도 연락을 하려고 앱을 열었다. 지난 채팅 목록에서 재이 닉네임을 눌러 녀석에게 메시지를 보내려는 순간! 재이의 판매 물품 목록이 그새 늘었다는 걸 알았다. 정말이지 열심히도 되팔이를 하는구나. 아무리 나를 도와준 재이라지만, 되팔이 하는 모습엔 눈살을 찌푸릴 수밖에 없었다. 내가 극혐하는 행동 중 하나가 되팔이였으니까. 나는 중고 거래를 많이 하지만, 되팔이를 하기 위해 물건을 산 적은 없다. 나만의 철칙이랄까?

그런데⋯ 왠지 나도 무료 나눔 받는 일에 동참하고 싶었다. 그렇게 되팔이를 해서 소정의 수수료를 받으면 꽤 돈이 되지 않을까? 내가 할 만한 마땅한 알바를 못 찾고 있었는데, 어쩌면 좋은 알바 자리가 되어 줄지도. 그렇게 돈을 모으고 모으다 보면 한정판 신발을 구매할 수 있을지도 모르겠다는 생각이 들었다. 나는 곧바로 재이에게 메시지를 보냈다.

> 덕분에 돈 돌려받았어. 고마워! 근데 있지, 나도 무료 나눔 좀 받을 수 있을까?

3

내가 진짜로 무료 나눔을 받겠다고 하자 재이는 처음엔 기가 차는지 헛웃음만 흘렸다. 그러다 곧 정색하며 무료 나눔을 받아서 뭘 어쩌려는 거냐고 물었다.

"어쩌긴 뭘 어째. 너처럼 되팔아야지."

재이는 어이를 상실한 얼굴로 내 위아래를 훑었다.

"다시 한번 말하지만, 나는 쓸모없어진 물건을 잘 고쳐서 필요한 사람에게 전달하는 거야. 그 과정에서 약간의 수리비 또는 수수료를 받는 거고. 결코 되팔이가 아니야."

"그건 모르겠고, 나도 되팔래!"

"그래 뭐, 네 마음대로 해라."

이후 나는 재이를 졸졸 따라다녔다. 학교에서도 쉬는 시간마다 찾아가 "나눔 받기 어렵다던데 어떻게 그렇게 잘 받냐?" 하며 팁이 있냐고 물었다. 학교 마치고 집으로 돌아가는 길에도 재이 옆에 딱 붙었다. 재이는 귀찮아하면서도 정 그러면 자신을 따라오라고 했다. 나는 쾌재를 부르며 재이와 함께 무료 나눔을 받기로 했다는 약속 장소로 나갔다.

오늘의 무료 나눔은 칠이 벗겨진 작은 나무 선반이었다. 자취하는 대학생 누나가 본가로 들어가면서 필요 없는 물건을 처분하고 있었다. 재이는 선반을 건네받으며 90도 각도로 허리를 숙였다.

"좋은 물건 주셔서 감사합니다."

누나는 손사래를 쳤다.

"아니야. 나야 어차피 쓰지 않는 거니까 처리가 곤란했는데, 오히려 내가 고맙지."

재이는 내게도 주었던 무료 나눔 감사 카드와 말랑캔디를 건넸다. 누나가 이게 웬 거냐며 고마워했다.

"고마워. 잘 먹을게."

"네, 안녕히 계세요."

우리는 누나에게 인사를 하고 걸음을 돌렸다. 재이는 또 한 건이 있는데, 같이 가겠냐며 물었다. 나는 그 시점에서 고개를 갸웃하게 됐다.

"야, 이거 진짜 못 쓸 것 같은데?"

딱 봐도 하자가 많아 보이는 선반이었다. 이걸 어디다 쓰려고? 그리고 보니 재이가 되파는 물건들은 꽤 새것 같던데? 의문은 그것으로 끝이 아니었다. 재이가 선반 다음으로 받은 물건은 누가 쓸까 싶은 촌스럽고 오래된 커튼이었다. 그 먼지 풀풀 나는 커튼을 재이가 내 가슴에 안겨 주었다. 나는 오만상을 다 쓰면서도 그것을 받아 들 수밖에 없었다.

"고마워요. 재이 학생 아니었으면 혼자 치우기 힘들 뻔했어."

커튼을 나눔 해 준 할아버지가 말했다.

"아니에요. 또 필요하시면 언제든 연락 주세요!"

재이는 할아버지에게도 카드와 말랑캔디를 드린 뒤, 인사를 하고 걸음을 돌렸다. 돌아오는 길에 재이가 저 할아버지는 전에도 몇 번 본 적 있는 분이라며, 커튼이 필요하면 할아버지에게 연락을 해 보라고 했다.

"할아버지 연락처 줄까?"

재이의 말에 나는 고개를 세차게 저었다.

"아오, 됐어! 이런 커튼을 누가 쓴다고! 이게 되팔이가 되냐?"

재이는 말없이 웃기만 했다.

"그건 그렇고. 저 할아버지는 뭐 하는 할아버지인데 이런 커튼을 많이 가지고 있어?"

"할아버지가 원룸 관리하는 일을 하셔. 못 쓰는 커튼이나 가구가 나올 때가 있거든. 혼자 처리하기 힘드실 때 나한테 연락을 주셔."

가만히 듣고 있는데, 할아버지와 재이의 관계가 단순히 무료 나눔을 하는 사이가 아니라는 생각이 들었다.

"무료 나눔이 아니라 봉사 같은데? 네가 할아버지 폐기물 처리를 도와드린 거 아니야? 알바비도 안 받고!"

맙소사, 나 또한 재이의 꼬임에 휘말려 대가 없이 노동을 제공한 거였다. 갑자기 양팔 가득 들고 있는 먼지 풀풀 커튼을 내팽개치고 싶어지는데? 재이는 그게 그렇게 되는 거냐며 하하 웃었다. 뭐야, 왜 웃어? 남은 심각한데.

재이는 집으로 물건들을 가져가 되팔 준비를 할 거라고 했다. 더는 볼일 없으면 돌아가 봐도 좋다고 했지만, 이왕 이렇게 된 거 녀석이 어떻게 마무리를 짓는지 지켜보고 싶었다. 그러려면 재이 집에 방문해야 했다. 문제는 재이가 친하지도 않은 나를 자기 집에 들이려 할까 하는 것이었다. 얼마간 지켜본 바로는 재이는 딱히 친구도 없었고, 친구가 필요한 것 같지도 않았다. 오히려 자기 영역을 지키며 그 안에서 안정적으로 지내는 걸 선호하는 듯했는데, 나를 집에 데려갈까? 그래서 조심스럽게 너희 집에 가도 되냐고 물었는데, 생각보다 선뜻 재이는 그러라고 했다.

재이네 집은 아담한 단독 주택이었다. 벽면은 회색이었고, 작은 마당에는 텃밭 상자도 있었다. 무엇보다도 재이네 집에는 차 없는 차고가 있었다. 대신 그 안에는 온갖 잡동사니들과 망치, 톱, 드라이버 같은 공구들이 있었다.

"아빠가 자동차 정비 일을 하셔. 지금도 웬만한 건 집에서 뚝딱 고치지."

"오호, 대박인데?"

"들어와. 마실 거 한잔 줄게."

"좋지."

집 내부는 여느 집과 다르지 않았다. 거실에 TV와 소파, 부엌에는 냉장고, 식탁 등이 있었다. 재이는 할아버지에게 받아 온 커튼을 세탁기에 집어넣고 돌리더니 냉장고에서 병 음료를 하나 꺼내 와 내게 내밀었다. 식탁에 마주 앉아 음료를 원 샷 하고 나니, 그제야 눈에 이상한 점이 들어오기 시작했다.

"인테리어가 개성 있네."

말이 좋아 개성이지 전자 제품이나 가구들이 통일성이 없었다. 엄청 오래된 것들도 있었고, 색깔이 특이한 것들도 있었다.

"좀 오래되어 보이지?"

"좀이 아닌데?"

"우리 할아버지 할머니가 쓰시던 것들이 많아서 그래."

재이가 냉장고를 가리키며 사용한 지 이십 년이 넘었다고 했다. 그뿐만 아니라 재이 방에 있는 책상이나 침대도 아빠가 어릴 때부터 쓰던 것이고, 심지어 재이 아빠 또한 삼십 년이 넘은 올드카를 몰고 다닌다고 했다. 게다가 무료 나눔을 통해 얻어 온 물건들도 많다고 했다. 받아 온 물건들을 하나하나 짚어 주는데 너무 많아서 뭐가 뭔지 다 모를 지경이었다.

"와아… 너네 집 진짜 알뜰하구나."

"아껴 쓰고 나눠 쓰면 좋잖아. 우리 집도 무료 나눔 많이 해."

"근데 너는 왜 되팔이 해?"

나도 모르게 불쑥 말이 나갔다. 재이가 못 말린다는 듯 헛웃음을 흘렸다.

"약간의 수리비라고 몇 번을 말했는데?"

재이는 음료를 다 마셨으면 받아 온 낡은 선반을 고치러 차

오늘의 무료 나눔

고에 가지 않겠느냐고 물었다. 그렇지 않아도 저 선반이 어떻게 새 생명을 얻는지 궁금했기에 나는 냉큼 따라 나섰다. 재이는 차고 작업대 위에 선반을 올리더니 드라이버로 나사를 풀기 시작했다. 그 섬세한 손놀림에 나도 모르게 감탄하게 됐다. 능숙한 전문가처럼 선반 구석구석을 확인하던 재이는 사포질을 하고, 흔들리는 부분은 나무를 덧대어 보강했다.

이후 선반에 새로 페인트칠을 한 뒤, 말려서 조립하면 끝이라는 재이의 말에 절로 감탄사가 흘러나왔다.

"이렇게 간단히 끝나는 거야?"

사실 재이가 너무 쉽게 해서 그렇지 결코 간단하지 않은 과정이었다. 나라면 손도 못 댔을 것이다. 재이는 선반을 단돈 천 원에 팔 거라고 했다. 나로서는 도무지 이해되지 않는 가격이었다.

"이럴 거면 무료 나눔 하는 게 낫지 않나? 천 원 받아서 뭐에 쓰려고?"

게다가 재이가 들인 노력에 비하면 천 원은 너무 하찮은 돈이라고 생각됐다. 이 돈 벌려고 이 고생을 한단 말이야?

"대체 이걸 왜 하는 거야?"

내 물음에 재이는 전에 보지 못한 환한 얼굴로 선반을 올려놓은 작업대를 톡톡 두드렸다.

"이렇게 고쳐서 나눔 하면 뿌듯하잖아. 재밌기도 하고."

세상에… 뭐가 재밌다는 거지? 나랑은 완전 다른 재질인 재이를 보며, 아무래도 무료 나눔 되팔이는 접어야겠다는 생각이 머릿속에 가득해졌다.

그날 이후로도 재이는 물건을 고쳐서 되파는 일을 계속했다. 나는 그만 신경 끄려고 했지만, 이상하게도 재이와 함께하는 시간이 길어졌다. 그러다 보니 동네 이곳저곳을 기웃거릴 수밖에 없었다. 재이는 동네 마당발이었다. 모르는 사람이 없는 듯했다. 정육점 아저씨네 낡은 칼 버리는 일도 어쩌다 보니 도왔고, 아파트 단지 경비 아저씨들이 쓸 수 있도록 낡은 의자를 화분 받침대로 리폼해 가져다 드렸다. 빵집 할머니는 작은 길고양이 집을 만들어 줘서 고맙다며 소보로빵 한 봉지를 손에 쥐어 주었다. 나중에는 나도 동네 어른들에게 인사를 하게 되는 지경에 이르렀다.

재이는 그렇게 받은 돈을 일종의 수고비라면서 나에게도 나누어 주었다. 5백 원에서, 천 원! 푼돈이지만, 한 푼 한 푼 쌓아 가다 보니 어느새 만 원 남짓이 모였다. 내가 구입하려는 한정판 신발 가격에는 발톱의 때만큼도 못 미치지만.

하루는 재이가 무료 나눔을 받으러 가지 않는다고 했다.

"왜? 이제 더 이상 안 하려고? 하긴 중학생이 하기에는 안 어울리는 일이었어."

"그건 아니고. 오늘은 갈 데가 있어서. 내일 봐!"

재이가 인사하고 발길을 돌리려기에 얼른 붙잡았다.

"바늘 가는 데 실 간다고, 네가 가는데 내가 안 갈 수는 없지."

"응? 우리가 언제부터 바늘이고 실이었어?"

"아, 몰라. 아무튼 나도 가자. 수고비라도 받아먹어야겠어."

"흐음. 네가 할 수 있을까?"

"뭔데 뭔데? 뭐 하러 가는데?"

"가 보면 알게 되겠지만……."

"그럼 됐어. 가자!"

재이는 우선 마트에 들르자고 했다. 카트를 하나 가져오더니 반려견 코너에 가서 반려견 간식이라든가 장난감 등을 잔뜩 사는 게 아닌가? 그것도 자그마치 10만 원이 넘었다. 나는 고개를 갸웃하며 물었다.

"이걸 왜 사?"

"오늘 만날 아이들한테 나눠 주려고."

"대체 누굴 만나기에 이렇게나 많이?"

재이는 말없이 웃기만 했다. 점점 깊어지는 의문을 안고 재이의 뒤를 따랐다. 그렇게 도착한 곳에서, 나는 재이가 왜 반려견 물품을 잔뜩 샀는지 깨닫게 되었다.

꿈사랑 유기견 보호소.

재이는 청소년 유기견 봉사 활동 단체 회원이었는데 오늘은 그 봉사 활동이 있는 날이었다.

"안녕하세요, 소장님!"

"어서 와, 재이야!"

재이가 손에 든 상자를 건네자 소장님이라고 불린 여자 선생님이 눈을 크게 떴다. 뭘 또 이런 걸 사 왔느냐면서도 엄청 고마워했는데, 듣다 보니 재이가 강아지 간식을 사 온 게 하루이틀 일이 아닌 것 같았다.

"다음에는 사 오지 마. 부담스럽게."

"에이, 소장님. 저는 애들이 제가 사 온 간식 맛있게 먹고, 제가 사 온 장난감으로 재밌게 노는 게 좋아요. 저의 소소하고 확실한 행복을 빼앗지 말아 주세요."

재이의 말에 소장님은 못 말린다는 듯 웃었다.

"그런데 이 학생은 누구야?"

소장님이 나를 가리키며 물었다. 재이가 나 대신 대답했다.

"제 친구예요, 이해수. 오늘 봉사 활동 같이 해도 될까요? 구경하고 싶은가 봐요."

"그래. 반가워요, 해수 친구."

"아, 안녕하세요!"

나는 이 상황이 낯설었다. 유기견 보호소 봉사라니. 평소의 나라면 절대 해 보지 않을 일이었다. 얼떨결에 인사를 하고 나자 소장님이 우리를 안으로 안내했다. 그곳에 우리 말고도 다른 아이들이 모여 있었다. 그 애들은 재이와 안면이 있는 듯했다. 다들 인사를 건네며 그간의 안부를 물었다. 나는 뻘쭘해져서 재이 옆에 딱 붙어 있었다.

이윽고 소장님이 오늘 해야 할 일들을 말해 주었다. 강아지 장난감 만들기도 하고, 강아지들 산책도 시켜 주어야 했다. 견사 청소와 강아지 목욕시키기 등은 기본이었다. 나는 구경하는 입장이라 멀찌감치 떨어져 있었다. 반면 재이는 정말이지 적극적이었다. 얘가 이렇게나 웃음이 많고 살가웠나 싶을 정도였다. 학교에서는 말수도 없는데, 이곳에서는 강아지들에게 끊임없이 말을 걸었다. 녀석들의 머리를 쓰다듬어 주고 공으로 놀아 주고, 애정이 뚝뚝 떨어지는 눈으로 바라봐 주었다. 강아지들도 재이가 자신들을 좋아해 준다는 걸 느끼는지 재이에게 붙어서 떨어질 줄 몰랐다. 문득 재이는 사람보다 강아지를 더 편하게 여기는구나 싶었다.

그때 무언가 물컹하면서도 복슬복슬한 것이 내 발목 언저리에서 느껴졌다. 동시에 뜨뜻한 느낌도 들면서 온몸에 소름이 끼

쳤다. 나는 흔들리는 동공으로 아래를 내려다보다가 까무러칠 뻔했다. 웬 누런 털이 수북한 개였다. 절대 강아지라고 불릴 크기가 아닌 그놈이 내 신발을 밟은 채 내 다리에 매달려 있었다!
"끄악! 뭐, 뭐 하는 짓이야!"
나는 펄쩍 뛰며 달아났다. 그러자 녀석은 내가 놀아 주는 거라 생각하는지 계속 나를 쫓아왔다. 재이가 그런 나를 보며 크게 웃음을 터트렸다. 하필 개 한 마리가 똥을 싸 놓았는데 치우기도 전에 내가 그것을 밟아 버렸다. 미끄덩하는 순간, 온몸의 피가 다 빠져나가는 것 같았다. 사색이 된 나는 그만 소리를 지를 수밖에 없었다.
"안 돼애애애!"

돌아오는 길에 나는 틈만 나면 신발을 바닥에 문질렀다. 물로 씻어 내고 물티슈로 닦아 냈는데도 계속 냄새가 올라오는 것 같아 절로 눈살이 찌푸려졌다. 재이가 옆에서 피식피식 웃었다. 잔뜩 예민해진 나는 톡 쏘아붙였다.
"강재이, 웃지 마! 진짜 싫어. 털짐승은 더 싫어! 다신 따라가나 봐라."
재이는 얼른 웃음을 감추었지만, 내가 싫어할 말을 멈추진 않았다.

"뭘 그렇게까지. 오늘 보니까 너도 잘하던데."

그래, 내가 좀 잘하긴 잘했지. 나는 오늘 태어나 처음으로 강아지 터그 놀이 장난감과 노즈 워크 장난감을 만들어 보았다. 내가 할 수 있을까 싶었지만, 재이가 시키는 대로 하자 어렵지 않았다. 역시 재이는 손재주가 좋았다. 무료 나눔 받은 물건을 수리하듯이 강아지 장난감도 척척 만들어 냈다. 재이 아버지의 손재주가 재이에게까지 전해졌다니, 부러울 따름이었다.

여튼 털짐승이랑 이렇게 오랜 시간 붙어 있은 적은 처음이었다. 내가 강아지를 돌보게 될 줄이야. 어릴 때는 강아지를 키우고 싶었던 적도 있지만, 어느 정도 나이가 먹고는 귀찮게만 느껴졌다. 보기야 좋지만 책임지는 일은 힘든 거니까. 그래도 오늘 개똥 밟은 걸 빼면 녀석들이 졸졸 쫓아다니는 게 싫지는 않았다. 하지만 다시 하라고 하면? 못 할 것 같다. 오늘의 신발이 막 굴리는 신발이었기에 망정이지, 아끼는 아이템을 신었다면 눈물이 쏙 빠질 뻔했다. 재이 신발을 보면 알 수 있었.

재이는 황당하게도 유기견 보호소 봉사 활동을 가면서 스웩 키친 7번을 신고 왔다. 나라면 절대 할 수 없는 일이었다. 덕분에 재이의 신발은 개들의 침과 털로 범벅이 되었다. 아마 개똥이나 오줌을 밟았을지도 모를 일이었다. 그런데 재이는 개의치 않아 했다. 하긴 평소에도 저 신발을 신고 체육이며 뭐며 다 하는 재이였으니까. 나는 재이의 스웻키친을 힐긋 바라보며 물었다.

"너 그 신발 안 아까워? 너무 굴리는 것 같은데."

"뭘 막 굴려? 그런 적 없는데?"

"없긴. 이런 프리미엄 신발은 집에 고이고이 모셔 두고 특별한 날만 신어야지."

"특별한 날?"

"응. 예를 들면……."

'친구들 앞에서 가오 좀 세우고 싶을 때'라고 말하려다가 입을 다물었다. 어째서인지 재이 앞에서는 그 말을 하기가 부끄러워졌다. 대신 다른 걸 물었다.

"넌 근데 언제부터 보호소 봉사 했냐?"

"한 삼 년 됐을걸?"

재이는 어린 시절 초코라는 검둥개를 키웠다고 했다. 6학년 때 초코가 나이가 들어 무지개 다리를 건넌 날, 재이는 너무 슬퍼서 학교에 결석할 수밖에 없었단다.

"몇 달 동안 툭하면 눈물이 나는 거야."

그렇게 초코를 잃은 슬픔에 잠겨 살던 재이는, 어느 날 차를 타고 가다가 유기견 보호소를 발견하게 됐다. 뭐에 홀린 듯 보호소에 문의하여 방문하게 됐고, 봉사를 시작하게 됐다고.

"그럼 그냥 개를 한 마리 데려다 키우는 건 어때?"

내 말에 재이는 고개를 설레설레 저었다.

"아직은 못 할 것 같아. 이별이 너무 힘들어서. 모르지 뭐. 나중엔 반려견과 함께 살게 될지."

재이는 아직 초코를 못 잊은 것 같았다. 문득 재이 집에 아주 오래된 개집이 있었던 게 생각났다. 나는 왠지 언젠가 그 집이 다시 쓰일 것 같았다. 아마도 그때가 되면, 재이는 자기 손재주를 십분 발휘하여 낡은 그 집을 새것처럼 리폼해 주겠지? 분명 그럴 것이다.

4

며칠 뒤, 재이는 다음 봉사 활동에도 같이 가지 않겠느냐고 물어 왔다.

"윽, 또 개똥 치우라고?"

나는 몸서리를 쳤지만 거절하진 않았다. 이 몸의 도움이 필요하다면야 까짓것 시간을 내어 주지! 하지만 달력을 보니 그날은 함께하지 못할 것 같았다. 하필 봉사 활동 날이 승일이 생일 파티 날짜와 겹쳐서였다. 다음을 기약하며 재이에게 못 갈 것 같다고 메시지를 보냈다.

승일이는 초등학교 때부터 쭉 친하게 지낸 친구다. 게다가 승일이는 우리 학교에서 꽤 잘나가는 축에 속한다. 나는 승일이와 관계를 좋게 유지하려고 그간 많은 노력을 기울였다. 그중에는 승일이 생일 파티에 빠지지 않고 참석하는 것도 포함되었다.

승일이 생일 파티에 학교에서 잘나간다는 아이들은 전부 모일 것이다. 그 말은 그만한 '품격'을 갖추어야 한다는 소리였다. 나는 집에 돌아오자마자 무엇을 입고 갈지, 무엇을 신고 갈지 고민했다. 한참을 신발장 앞에서 서성이다 그나마 가장 비싸고 예쁜 녀석을 골라 신었다. 그래, 이만하면 됐겠지?

약속 장소는 상업 지구 근처의 공원이었다. 내가 도착했을 땐 대부분의 아이들이 모여 있었다. 하나같이 멋진 옷차림이었다. 그중에서도 단연 돋보이는 건 오늘의 주인공 승일이였다. 특히나 승일이 신발을 보는 순간, 솔직히 배가 아파 왔다. 나는 속내를 숨기고 물었다.

"너 그거 구했구나? 대박! 나도 그거 사려고 했는데!"

승일이는 내가 돈이 모자라 사지 못했던 한정판 신발을 신고 있었다. 나뿐 아니라 다른 아이들도 부러움 반 동경 반이 섞인 눈빛으로 그 신발을 바라보았다. 정작 승일이는 대수롭지 않게 대꾸했다.

"나도 정가 구매는 실패했고, 프리미엄 주고 샀어. 와, 진짜 되팔이들! 완전 양심 없더라. 네고도 안 해 주고, 오히려 값을 올려 버리던데?"

 자그마치 정가의 두 배 가격을 주고 샀다는 승일이는 자랑스럽게 신발을 내려다보았다. 하얗게 반짝이는 스니커즈가 오늘따라 어찌나 예뻐 보이는지. 나는 한동안 시선을 빼앗겨 눈길을 돌리지 못했다. 그때였다.

 "해수는 이제 승일이한테 밀렸네?"

 정목이의 말이 심장을 얼어붙게 했다. 겨우 정신줄을 붙잡고 어색하게나마 웃으며 물었다.

 "그게 무슨 말이야?"

 "넌 좀 분발해야겠어. 그 신발 뭐냐? 아직도 그거 신냐? 유행 지난 지가 언젠데."

 정목이는 분명 장난스럽게 하는 말이었지만, 내게는 칼날이 되어 꽂혔다. 그래서 이어지는 대화에도 끼지 못했다. 아이들은 승일이가 부모님에게 생일 선물로 받은 고가의 아이템에 대해서 이야기를 나누었다. 민우도 최근에 구입한 비싼 스니커즈를 자랑했고, 현민이는 이번 겨울에 값비싼 패딩을 사기 위해 돈을 모으고 있다고 했다. 아이들은 요즘 어떤 옷이 유행하는지, 경매 사이트에 어떤 신발이 올라왔는지, 어떤 연예인이 무슨 아이템을 착용했는지 등의 정보를 교환했다. 평소라면 나도 지지 않고 최신 정보들을 나누었을 것이다. 내 SNS 계정과 사진을 보여 주며, 내가 새로 산 신발과 옷을 뽐냈을 것이다. 그게 나를 있어 보이게 해 주니까. 그러기 위해서 꾸준히 용돈을 투자했고, 중고 거래를 했으며, 사진을 업로드 해 왔다.

나는 정목이 말에 의하면 '유행 지난 신발'을 물끄러미 내려다보았다. 구입한 지 반 년도 안 된 내 신발이 벌써 끝물이라고? 한동안 투자가 뜸했더니 새 신발 교체 주기가 한 텀 늦어진 것 같았다. 지금이라도 중고 거래 사이트에 들어가 괜찮은 매물이 있는지 검색하고 싶었다. 내일이라도 당장 유행템을 신고 나타나 정목이의 코를 한껏 눌러 주고 싶었다.

그런 마음들이 불쑥 올라오는 한편 지금 이 자리가 조금 불편해졌다. 애들과 어울려 밥도 먹고, 코인 노래방도 가고, PC방도 갔지만, 즐겁지가 않았다. 대화에 끼어 이런저런 얘기를 하다가도 나는 문득 입을 다물게 됐다.

결국 부모님이 빨리 들어오라고 했다는 핑계를 대고 승일이 생일 파티에서 슬그머니 빠졌다. 내가 걸음을 돌리는데도 잘 가라는 인사 한마디 건네는 놈들이 없었다. 몇 걸음 걷다가 슬쩍 고개를 돌려 아이들을 보았다. 순간, 아이들이 마치 조금이라도 존재감을 더 뿜어내기 위해 애쓰는, 화려한 깃털을 한껏 부풀린 공작새처럼 보였다. 나 또한 공작새 중 하나였을 것이다. 어떻게 하면 조금 더 멋져 보일 수 있을까 고민하며 신상 깃털로 몸 이곳저곳을 수놓는 가엾은 공작새.

집으로 돌아와 나도 모르게 신발장 앞에 서 있었다. 신발장을 열어 놓고 신발을 한참 들여다보았다. 옷장도 열어 보았다. 이제는 입지 않는 옷들이 가득했다. 처음 살 때만 해도 천년만년 입을 것처럼 소중히 여겼던 것들이었다. 신발은 하루 신고 들어오면 물티슈로 밑창까지 꼼꼼히 닦았으며, 티셔츠는 행여 목이라도 늘어날까 봐 손빨래를 해서 고이고이 널어 두었었다. 그런데 이제는 거들떠도 보지 않는 것들이 되어 어두운 옷장 안에서 묵어 버렸다.

불 꺼진 거실은 조용했다. 성적에 이어 패션 감각까지 하락선을 타게 생긴 나. 무료 나눔 받은 물건을 되팔아 새 신발을 사려던 계획도 물거품이 되어 버렸다. 오백 원, 천 원 벌어서 어느 세월에? 유행 지난 신발을 신고 다닌다며 놀리듯 웃던 아이들 얼굴이 스쳐 지나간다.

그런데 왜 그 자식 얼굴도 떠오르지? 재이 말이다. 그리고 댕댕이들. 어이없게도 꼬리 흔들며 다가와 내 신발을 핥아 대던 그 털짐승들이 왜 자꾸 생각나는지 모르겠다.

나는 신발장에서 신발 하나를 꺼냈다. 처음 살 때만 해도 애지중지하던 보물이었지만, 새 신발로 갈아타면서 신발장에서 반년 이상 묵은 녀석이었다. 그래도 새것 같은 중고나 마찬가지였다. 나는 녀석의 사진을 예쁘게 찍어 재이에게 전송했다.

> 너 이거 살래? 내가 완전 싸게 줄게. 전에 보니까 스웩키친 7번 많이 더러워졌던데, 서브로 하나 들여.

잠시 후 재이에게 답장이 왔다.

> 나 돈 없어.

> 왜? 되팔이로 많이 벌었잖아!

> 검둥이들 간식 사 갈 거야.

> 엥? 그 털짐승들이 너한테 돈 맡겨 놨냐? 뭘 매번 갈 때마다 사 가?

> 내 마음이거든?

> 헐. 그래, 네 마음이다! 털짐승 보러 언제 또 갈 거냐?

> 2주 뒤?

오늘의 무료 나눔 101

2주 뒤라… 오케이. 나는 콧방귀를 뀌며 재이와의 대화창을 닫았다. 가지마켓 앱을 연 뒤, 방금 찍은 신발 사진을 올리고 적절한 가격을 책정했다. 손끝이 떨렸지만 등록 버튼을 누르는 순간 왠지 모를 후련함이 몰려왔다. 신발은 두세 켤레면 충분할 듯했다. 나머지는 이제 방출해야지. 그 신발을 시작으로 다른 신발들도 하나하나 가지마켓에 올렸다. 누군가 꼭 필요한 사람에게 값지게 쓰이길 바라면서.

가만. 또 누가 네고를 해 달라면 어쩌지? 이미 충분히 싸게 올렸는데? 그래도 중고 거래는 네고 하는 맛이니까 약간은 해 줄 의향이 있다. 하지만 재이처럼 후려칠 생각이라면 어림도 없지! 이번에는 쉽게 당하지 않을 것이다.

판매 글을 등록하고 강아지 중고 용품을 살펴보았다. 그러다 문득 내가 뭘 하나 싶었다.

"아, 나 진짜 강재이한테 물들었나 봐! 암튼 강재이도 싫고 댕댕이도 싫다니까!"

그때 꽤 괜찮은 강아지 장난감이 눈에 들어왔다. 심지어 무료 나눔! 오, 이건 놓칠 수 없지. 바로 하트를 눌러 주는 센스! 나는 빠르게 스크롤을 내리며 다른 물건에도 하트를 눌렀다. 댕댕이들이 좋아서 꼬리 흔들겠지? 나도 모르게 미소가 지어졌다.

작가 노트

어서 와, 무료 나눔은 처음이지?

송우들

밤하늘을 보며 수만 가지 우주의 이야기를 상상한다. 그 상상이 재미있는 글이 되기를 바라며 매일 쓴다.

《매일신문》 신춘문예에 동화 〈하늘을 달리다〉가 당선되며 작품 활동을 시작했다. 이후 《혁거세 슈퍼》로 경기예술지원 문학 창작 지원 대상에 선정되었고, 단편 〈롤러코스터 앞에서 만나〉로 대한민국 과학 소재 스토리 공모전에서 우수상을 받았다.

지은 책으로 《혁거세 슈퍼》 《빨간 벽돌집의 비밀》 《니아》 등이 있다.

개츠비를 팔아 버린 엄마

한다영의 입학 준비를 위한 짐 정리라면서 엄마가 우주에 내놓은 물건의 팔십 퍼센트는 내 것이었다. 작아진 옷이나 쓰지 않는 에코백 같은 건 팔아도 상관없다. 문제는 엄마의 우주 판매 리스트에 절대! 절대 팔아선 안 되는 나의 흑역사가 들어 있다는 것이다.

"그게 다주 네 거였니? 난 다영이가 다 읽고 꽂아 둔 줄 알았지……."

거짓말. 말끝을 줄이는 걸 보면서 나는 엄마의 거짓말을 확신했다.

"한다영 거라고 생각하면서 물어보지도 않고 팔았다고?"

내 말엔 두 개의 질문이 들어 있었다. '한다영 거라고 생각했다면 함부로 팔지 않았겠지?', '내 거라고 확신했으니까 엄마 맘대로 팔아 버린 거 아니야?'

"다주 네 방에 그런 책이 있으니까… 난 당연히 네가 언니 책을 가져갔나 했지."

이번엔 거짓말이 아니다. 사람이 뭐 저렇게까지 속마음을 다 드러내는지. 너무한 거 아니냐고. 그래. 엄마는 내가 세계 명작 리스트에 들어 있는 《위대한 개츠비》 같은 책을 볼 리 없다고, 그러니 그것이 내 책이 아닐 거라고 생각한 것이다. 엄마 입장에서 보면 그럴 수도 있겠단 생각이 1초 정도 들긴 했다. 내가 잠시 이런 생각을 하는 사이 기세를 잡은 엄마가 당당한 목소리로 반격을 꾀했다.

"그리고 그 책. 한 번 펼쳐 보지도 않은 완전 새거던데. 응? 그거 팔았다고 이렇게 화내는 너도 이상한 거 아니야? 엄마가 돈 줄 테니까 똑같은 책 사 그럼."

"그 책이랑 똑같은 책은 없다고!"

나도 안다. 지금 내 모습은 《위대한 개츠비》가 인생 책이라도 되는 애인 것처럼 보인다는 걸. 내가 책 때문에 이렇게 절규하게 될지는 나도 몰랐다. 삼 일 전까지는……

삼 일 전, 나는 《위대한 개츠비》 안에 고백 편지를 넣어 두었다. 보낼 마음이 1도 없는 편지를 읽을 생각이 0.1도 없는 책 뒤표지 안에 꽂아 둔 것이다. 한다영이 없는 집에서 내 방 책꽂이 제일 아래 귀퉁이에 꽂힌 한정판 《위대한 개츠비》를 꺼내 볼 사람은 없을 테니 가장 안전한 곳이라고 생각해서였다. 그런데 그 책이 우리 주변의 거래, '우주'를 통해 다른 사람 손에 들어가다니. 이건 전혀 예상하지 못한 전개였다.

엄마가 판 내 흑역사, 아니 《위대한 개츠비》는 올해 출간된 한정판으로, 뒤표지 안쪽에 포켓이 있는 북커버형이다. 제목은 들어 본 적이 있지만 한 번도 궁금해하지 않았던 책이다. 동아리 멤버들과의 마지막 모임 날, 인서 선배를 따라 서점에 가지 않았다면, 선배가 그 책을 그렇게 오래 들여다보지 않았다면, 내 돈 주고 샀을 리 없을 책이었다.

"나도 다영이랑 같이 수리고에 가게 됐어."

그렇게 말하던 선배의 얼굴이 떠올라 기분이 나빠졌다. 그 문장에서 '다영이랑 같이'라는 말은 왜 있는 걸까 싶었는데 그 여섯 글자를 말할 때 선배 입꼬리가 가장 큰 상향 곡선을 그리는 것을 보고 깨달았다. 내가 또 한다영의 그림자에 들어가 있다는 것을. 그리고 그날, 난 그 그림자에서 나오기 위해 내 짝사랑을 끝내기로 했다.

눈물이 나려는 게 싫어서 보내지 않을 편지를 썼다. 미련은 그 편지에 다 쏟아 내고 깨끗이 정리하기 위해서. 그 편지를 쓴 건 나만을 위한 의식이었다. 절대, 절대! 보내지 않을 것이었고 네버, 네버! 공개하지 않을 것이었다. 가장 안전한 곳에 두려고 그날 손에 들고 온 《위대한 개츠비》 안에 그 마지막 선언을 담아 둔 것이다.

길길이 날뛰는 내 모습을 본 엄마가 《위대한 개츠비》를 구매한 알콩땅콩 님에게 우주 챗을 보냈다.

> 죄송하지만 어제 판매한 위대한 개츠비를 다시 돌려받아야 하는 사정이 생겼어요.
> 판매가는 되돌려드리겠습니다.

한 시간 후에야 알콩땅콩 님에게서 답이 왔다. 엄마가 내 눈치를 보며 폰 화면을 보여 줬다.

> 아이코, 어쩌죠. 저 오늘 재우주 했어요.
> 아이 학원 독서 리스트가 바뀌었더라고요.

"이렇다는데……. 그냥 포기하자."

"재우주 한 사람한테 연락해 달라고 해."

난 절대 물러설 마음이 없었다. 한숨을 한 번 쉰 엄마는 다시 알콩땅콩 님에게 메시지를 보냈다.

> 그걸 알려 드릴 순 없죠. 개인 정본데.
> 이미 판매한 물건을 두고 이런 요구를 하시는 건 좀 아닌 것 같습니다.

엄마에게 마지막 메시지를 보낸 알콩땅콩 님은 채팅방을 나가 버렸다.

"다주야, 그만하자. 알콩땅콩 님이 엄마 평가 나쁘게 해서 우주 온도 내려가면 어떻게 하니. 자, 이거 가지고 가서 그 책 새로 사. 알았지?"

엄마는 식탁 위에 2만 원을 올려 두고 도망치듯 방으로 들어가 버렸다. 나는 닫힌 안방 문을 노려보며 주먹을 꾹 쥐었다.

온 우주를 뒤져서라도 나의 개츠비를 찾아내야 한다. 나의 개츠비를 구매한 사람은 하민동 안에 있을 것이다. 온 우주도 아닌 이 하민동 안에서 나의 개츠비를 찾아내는 게 어렵진 않을 것이다. 알콩땅콩 님에게 개츠비를 산 사람이 반드시 재우주 할 거라고 믿는다. 반드시! 그러지 않을 거라는 가정은… 그 이외의 경우의 수는 생각하기도 싫다.

나는 우주 앱을 깔았다. 회원 가입을 하고 알림 키워드 설정을 찾아 '위대한 개츠비'를 입력했다.

온고지신 님과의 거래

수업이 끝나고 2학년 때 동아리실로 썼던 교실에 들렀다. 아무도 없는 동아리실에 앉아 있으니 지난 일 년이 영화 장면처럼 지나갔다. 그 시작은 인서 선배와 같은 동아리에 들어가게 됐던 2학년 초의 교실 장면이다.

신학기는 매번 피곤한 요구들이 밀려와서 싫었다. 그 정점에 동아리 신청서가 있었다. '같은 뜻을 가지고 모여서 한패를 이룬 무리'라는 뜻의 '동아리'에서 내가 수용하고 싶은 단어는 한 개도 없었다. 자발적인 아싸, 적극적인 나 혼자를 위한 선택지는 왜 없는 것인지 모르겠다. 아무 곳에도 끼고 싶지 않은 사람은 아무것도 선택하지 않을 권리가 있는데 말이다.

"동아리 활동이 중요하다는 거 다 알고 있지? 생기부가 아니더라도 동아리 활동에서 비슷한 관심사를 가진 친구들과 어울리다 보면 좋은 점이 많을 거야."

담임의 말 때문에 동아리 홍보지를 다시 들여다봤다. 생기부에 쓰기 좋을 것 같은 이름의 동아리들이 앞 장을 채우고 있었다. 시큰둥하게 넘기던 홍보지의 마지막 장에 눈에 들어오는 이름이 하나 있었다. '손 편지 동아리'. 손 편지라니. 아무도 선택하지 않을 것 같은 그 이름에 동그라미를 쳤다.

그렇게 들어간 동아리에서 만난 게 인서 선배였다.

"네가 다영이 동생이구나?"

인서 선배는 내 이름만 보고도 '그 유명한 한다영 동생 한다주'라는 걸 알아챘다. 나를 '다영이 동생'이라고 부른 것도, 누가 봐도 모.범.생. 그 자체인 선배의 첫인상도 마음에 들지 않아 이 동아리 괜히 들어왔구나 하고 생각했다.

그런데 내 뒤로 들어온 동아리 신입이 딱 한 명이라는 점 때문에 그냥 손 편지 동아리에 눌러앉았다. 동아리 명단에 선배 두 명의 이름이 있었지만 잠깐 들러 "반가워!" 세 글자를 말하곤 다른 동아리로 가 버렸다. 선배의 부탁으로 이름만 올린 것 같았다. 결국 이 동아리는 나를 포함한 이 세 명이 전부겠구나 싶었다. 하민중 인기 최하위 동아리의 소박한 인구 밀도가 이 동아리의 최대 장점이었다.

동아리 활동 마지막 날, 인서 선배가 말했다.

"이제 다주 네가 이 동아리 최장기 회원이네? 동아리가 사라지지 않게 후배들한테 홍보 많이 해 줘."

일 년 내내 우리가 했던 동아리 활동은 동아리실에서 만나 손 편지를 쓰는 것이 전부였다. 알고 보니 선배는 우표 수집광이었고, 그 연결선에서 손 편지를 애정하게 되었다는 사람이었다. 이 동아리에 대한 애정은 선배가 99.99퍼센트를 채우고 있는 셈이었다. 동아리가 사라지든 말든 상관없는 나한테 그런 부탁을 하다니 선배도 참 눈치가 없는 사람이다. 그러니 우표 같은 건 관심도 없는 내가 빈티지 우표를 설명하는 선배의 표정을 보는 걸 좋아했단 것도 모르지.

우쮸! 맑고 명랑한 소리가 빈 교실을 채웠다. 나는 깜짝 놀라 우주 앱을 열었다. '위대한 개츠비' 키워드 알림이 떠 있었다. 판매자는 온고지신. 우주 온도는 42도.

게시한 사진은 내가 찾는 한정판 《위대한 개츠비》가 맞았다. 인터넷 서점에서 퍼 온 이미지라는 게 좀 걸렸지만 사진 찍기 귀찮아서 그랬을 수도 있겠다 싶었다. 판매가는 오천 원이었다. 생각보다 가격도 저렴하네? 이렇게 빨리 찾게 되는 건가? 나는 채팅 창을 열었다. 첫 거래라 떨렸다. 대면하고 있는 것도 아닌데 바로 앞에 온고지신 님이 있는 것처럼 긴장이 됐다.

온고지신 님에게 메시지를 보냈다.

> 안녕하세요. 방금 올라온 위대한 개츠비 구매하고 싶습니다.

> 네, 네. 럭키약국 앞으로 오시지요.

> 30분 후에 가도 될까요?

> 네. 그럼 5시에 뵙죠.

> 네.

 잠시 고민을 하다 꾸벅 인사하는 토끼 이모티콘을 보냈다. 온고지신 님의 말투가 좀 올드하긴 했지만, 거래란 서로가 원하는 걸 얻으면 되는 거니까 상대의 캐릭터를 따질 필요는 없다. 서둘러 동아리실을 정리하고 나갔다. 럭키약국에 가려면 버스를 한번 갈아타야 한다. 대중교통 앱을 켜니 버스는 2분 후 도착 예정이었다. 나는 운동장을 가로질러 달렸다.

 도착하니 4시 57분이었다. 럭키약국 앞에 책을 들고 있는 사람은 없었다. 온고지신 님이 어떻게 생겼는지도 모르니 오로지 눈치로 우주 거래자인지 아닌지 알아봐야 한다. 그쪽도 나를 모르는 건 마찬가지였지만.

우쮸! 메시지가 왔다.

도착하셨나요?

네. 럭키약국 앞인데요.

우쮸! 소리가 나는 쪽을 돌아보니 럭키약국과 슈퍼 사이에 서서 스마트폰을 보고 있는 아저씨가 있었다. 온고지신… 닉네임이랑 어울린다는 생각을 하고 있는데 아저씨가 활짝 웃으며 걸어왔다. 나는 아까 보낸 토끼 이모티콘보다 고개를 더 깊이 숙여 인사했다.

"학생이었네요. 허허. 우주, 맞죠?"

"네."

빨리 책을 받고 이 어색한 대면을 끝내고 싶었다. 그런데 온고지신 님 손엔 아무것도 없었다. 내 마음을 읽었는지 온고지신 님이 씩 웃더니 패딩 점퍼 안으로 손을 넣어 품 안에 있던 책을 꺼내 내밀었다.

"여기 있습니다. 위대한 개츠비! 이 책 참 좋죠? 고전을 찾아 읽는 학생을 보니 아주 기쁘네요. 허허허."

온고지신 님 손에 들린 개츠비는 한눈에 봐도 십 년은 된 것 같은 헌책이었다. 상태는 깨끗했지만 표지 디자인이 달랐고, 책 등과 종이의 색도 바래 있었다.

"이건 제가 찾는 게 아닌데요. 제가 찾는 건 올해 나온 한정판 개츠비예요. 우주에 올리신 사진도⋯⋯."

순간, 온고지신 님의 얼굴에 당황한 기색이 번졌다.

"하, 학생. 책의 가치는 그 내용에 있는 거예요. 고전이 왜 고전이겠어요. 시간이 흘러도 변함없는 가치를 지니고 있으니까 고전이 된 거지. 그런데 그런 고전마저 새 책 헌책으로 나눠서 취하려고 하는 건 잘못된 거예요."

내가 큰 실수를 했다는 걸 깨달았다. 실물 사진이 아닌 것을 보고도 거래를 제안한 실수.

우주 거래에서 헌책을 들고나와 강매할 사람이 있을 줄은 몰랐다. 이 거래를 어떻게 정리해야 할지 난감했다. 고전의 가치에 대해 긴 훈계를 늘어놓는 온고지신 님의 표정은 정말이지 진심 가득이었다. 이대로라면 온고지신 님의 얘기는 끝나지 않을 것 같았다. 늦기 전에 도망쳐야겠다는 생각이 들었다.

"저, 학원 시간 때문에 가 봐야 할 것 같습니다."

꾸벅 인사를 하고 뒤돌아서는데 온고지신 님이 다급하게 외쳤다.

"학생! 이거, 이거 가져가요."

"네? 그건 제가 찾는 게 아니라고……."

"알아요. 그래도 같은 책이잖아요. 내가 정말 좋아하는 책이라서 이 책의 가치를 아는 사람에게 우주 하고 싶었어요. 아, 돈은 받지 않을게요. 오천 원 때문에 거래하는 게 아니니까. 학생이 이 책을 꼭 받아 줬으면 좋겠어요."

온고지신 님의 눈가가 촉촉했다. 도대체 《위대한 개츠비》가 뭐라고 저러는 걸까 싶어 온고지신 님의 눈과 책을 번갈아 보며 그 자리를 떠나지 못했다. 그리고 마지막 쐐기를 박는 온고지신 님의 말 때문에 난 결국 낡은 개츠비를 받고 말았다.

"학생이라면 이 책을 잘 간직해 줄 것 같아서 부탁하는 거예요."

낡은 책에 뭘 저렇게까지 진심인 건가 싶었다. 럭키약국 앞의 이 이상한 상황극을 빨리 끝내고 싶었다. 나는 온고지신 님이 두 손으로 쥐고 있던 개츠비를 받아 들었다.

"고마워요. 읽어 보면 학생도 그 책 좋아하게 될 거예요."

온고지신 님은 만족스러운 얼굴로 돌아섰다. 몇 걸음 가다가 뒤돌아서서 애틋한 눈빛으로 나와 개츠비를 다시 보기도 했다. 저렇게 애틋하게 볼 거면 굳이 왜 이 책을 나한테 넘기는 건지 이해할 수가 없었다.

그렇게 이상한 첫 거래는 끝났고 나는 읽을 것 같지 않은 낡은 개츠비를 안고 집으로 향했다.

팔봉순대 트럭

긴장이 풀려서인지 아파트 입구에 도착하니 기운이 쭉 빠졌다. 다리에 돌덩이를 매단 기분이었다. 그때 눈앞에 환하고 따뜻한 빛이 들어왔다. 저건…….
"팔봉순대!"
이 주 만이었다. 아파트 수요장에 찾아오는 팔봉순대 트럭의 불빛이 나를 반기고 있었다. 다리에 매달려 있던 돌덩이가 후두두 떨어져 나간 기분이었다. 나는 날아가듯 달려 팔봉순대 트럭 앞에 섰다.
"모둠 1인분이요! 먹고 갈게요."
한다영이 없으니 집에서 순대를 먹어도 된다는 사실이 떠올라 아차 싶었지만 순대는 역시 썰자마자 바로, 김이 모락모락 오르는 순간에 먹는 게 맞다는 확신이 들었다. 순대를 앞에 두고 한다영의 존재를 의식하다니……. 나는 포크를 꼭 쥐고 눈앞의 순대에만 집중했다.
"여기. 간 좋아하는 거 같아서 더 담았어요."

팔봉 언니가 순대 접시를 건네며 말했다.
"어? 저 기억하세요?"
나는 입안에 순대와 간을 몰아넣고는 물었다.
"기억해야죠. 이렇게 순대가 들어가기 전과 후의 표정이 확 바뀌는 손님은 당연히! 하하. 우리 순대 맛있게 먹어 줘서 너무 좋다니까. 아주 보람차!"
순대 냄새를 질색하는 한다영은, 내가 순대를 먹고 있을 때마다 원시인을 보는 것 같은 표정을 지었다. 그 표정이 묘하게 사람을 주눅 들게 만들어서 나는 늘 눈치를 보곤 했었다. 그런데 내 표정을 보고 보람을 느낀다고? 역시 팔봉순대가 최고다.
팔봉순대 트럭의 사장님은 이십 대로 보였다. 그래서 나는 사장님을 '팔봉 언니'라고 부르고 있다. 실제로 언니라고 부른 적은 없지만, 내 나름의 마음속 애칭 같은 거다. 시크한 쇼트커트에 화장기 없는 얼굴의 팔봉 언니에게는 묘한 매력이 있었다.
순대와 염통을 썰 때는 차갑고 무심하게 칼질을 한다. 그러다가 손님에게 접시를 건넬 땐, 그렇게 환하게 웃을 수가 없다. 마치 슬러시와 코코아를 한 번에 먹는 기분이랄까?
대부분은 포장 손님이지만, 나처럼 트럭 옆에 연결된 좁은 테이블에서 먹고 가는 손님에게는 순대든 염통이든 몇 조각 더 얹어 주곤 한다. 이번에도 무심하게 툭.

손님이 말을 하고 싶은지 아닌지, 순대를 더 먹고 싶은지 간을 더 먹고 싶은지도 단번에 알아챘다. 이러니 팔봉순대 트럭이 오는 날이면 그냥 지나칠 수가 없는 것이다. 나 혼자만의 애정이라고 생각했는데 이렇게 나를 기억하고 있다니. 하지도 않은 고백이 받아들여진 기분이 들었다. 고백? 아… 고백……. 생각의 꼬리에 딸려 온 '고백'이란 단어 때문에 순대 접시 옆에 놓아 둔 빛바랜 개츠비를 쳐다봤다. 내 편지는 지금 어디를 떠돌고 있는 걸까?

"뭐야. 맛없는 부위 있었어요? 갑자기 표정이 왜 그래?"

팔봉 언니가 칼질을 멈추고 물었다. 나는 손등으로 개츠비를 툭 치며 말했다.

"순대 때문이 아니에요."

"책? 책 때문에? 그 책이 그렇게 우울한 내용인가?"

"무슨 내용인지도 몰라요. 읽지도 않은 책이니까. 읽을 생각도 없고……."

"그런 책을 왜 그렇게 끼고 다녀요?"

"그러게요. 휴… 더 큰 문제는 이 책을 계속 찾으러 다녀야 한다는 거예요."

부서진 간 조각을 콕콕 찍으며 대답하다가 모든 걸 술술 털어놓고 있는 나를 발견하고는 놀랐다. 괜히 말했다 싶어서 힘없이 앞을 보는데, 찜솥에서 피어오른 하얀 김에 휩싸인 팔봉 언니가 세상 따뜻하게 웃고 있었다.

"그냥 다 얘기하면 마음도 후련하고 순대도 더 맛있을 텐데."

팔봉순대 트럭의 마법에라도 걸린 듯, 나는 엄마가 잘못 판 《위대한 개츠비》를 꼭 다시 찾아야 해서 첫 거래를 했는데 이상한 아저씨를 만나 필요도 없는 헌책을 받아 오게 됐다는 얘기를 술술 털어놨다. 물론 개츠비 안에 담긴 편지 얘기는 빼놓고.

팔봉 언니는 도마 위에 칼을 내려놓고 팔짱을 꼈다.

"흠… 거래에서 그렇게 순진하기만 하면 내가 원하는 걸 찾아낼 수 없어요. 낙관이나 낭만보다 정확한 기준을 가진 선구안을 갖는 것이 우주에서 승리하는 법이라고 할 수 있지."

승리? 승리까지 해야 하는 거였나 생각하고 있는데 팔봉 언니가 《위대한 개츠비》를 집어 들어 휘리릭 넘겼다.

"이럴 줄 알았지. 군데군데 밑줄도 그어져 있네. 아무리 중고라지만 이런 특이 사항은 물품 설명에 꼭 넣어 줘야 하는 거거든. 사진도 달랐고, 물건 상태도 정확하지 않았네. 이건 정말 곤란한데……."

팔봉 언니가 나보다 더 몰입하고 있는 것 같았다. 어쩌다 보니 내가 온고지신 님을 사기꾼처럼 만든 것 같아 마음이 불편해졌다.

"돈을 받은 건 아니에요. 그냥 가져가라고 주신 거니까 제가 뭘 손해 본 건 아니고요……."

"시간을 손해 봤잖아요. 일부러 버스를 타고 럭키약국까지 갔다면서요. 그게 얼마나 큰 투자를 한 거야? 거래의 기본은 합당한 가치를 주고받는 것에 있는데 우리 고객님은 시간을 지불하고 원하지 않는 물건을 떠안았으니 아주 부당한 거래를 한 거죠."

듣고 보니 다 맞는 말이었다. 기운이 쭉 빠지고 기분이 우울해졌던 이유가 바로 그것이었다는 걸 깨달았다.

치익. 찜솥에서 다시 한번 뽀얀 김이 피어올랐다. 그 사이로 팔봉 언니가 미소를 지으며 말했다.

"고객님, 정확한 거래를 할 수 있는 방법을 알려 드릴까요?"

나는 두 손을 모으고 대답했다.

"네!"

개츠비 거르는 법

등교 전, 심호흡을 한 번 하고 우주 앱을 열었다.

아직도 우주엔 열네 개의 개츠비가 있었다. 한정판 개츠비를 추린 개수가 그 정도였다. 우주에서 책을 거래하는 사람들이 생각보다 많다는 것에 놀랐다. 책이 이 정도라면 우주에 올라온 다른 물건들의 개수는 얼마나 될지 생각해 봤다. 본인이 구매했든 다른 사람에게 받았든 물건들이 그 사람의 소유가 된 데에는 이유가 있었을 것이다. 그리고 물건의 소유자가 그 물건을 우주에 올리는 데에도 이유가 있을 것이다. 그것들에 대해 생각하니 우주 안에서 속삭이는 수많은 목소리가 들리는 것 같았다. 그 목소리는 저마다 다른 이야기를 가지고 있겠지? 관심 없던 타인의 이야기를 궁금해하는 내가 낯설었다. 개츠비나 찾고 앱은 바로 삭제해 버려야지.

나는 우주 고수 팔봉 선생님의 조언대로 검색 키워드에 '한정판', '북커버형'을 넣었다. 판매 글이 올라온 날짜도 살폈다. 엄마가 내 개츠비를 팔아 버린 그날 이후의 날짜를 찾았다. 열네 개의 개츠비가 여섯 개로 줄었다.

"그래, 내가 원하는 볼을 찾을 때까진 잘 거르는 거야. 오는 대로 다 치면서 힘을 뺄 순 없지."

책꽂이에 꽂힌 빛바랜 개츠비를 보며 마음을 다잡았다.

여섯 개의 개츠비를 살피다 보니 눈에 들어오는 사진이 있었다. 하얀 책상 위에 반듯하게 놓인 《위대한 개츠비》 사진이었다. 뒤표지의 포켓 쪽이 살짝 떠 있는 것처럼 보였다. 정말 '살짝'이라고밖에 표현할 수 없는 느낌적인 느낌이었지만 왠지 이번엔 확신이 들었다.

판매자는 버블티999. 우주 온도 54도. 그간의 판매 리스트를 보니 '한정판'으로 나온 물건들이 대부분이었다. 한정판 피규어, 한정판 운동화, 한정판 아이돌 굿즈 등. 그 판매 리스트에서 책은 이 《위대한 개츠비》 하나였다. 게시물이 올라온 날짜는 알콩땅콩 님이 재우주 했다는 날이었다. 이 한정판 전문가의 눈에 알콩땅콩 님이 올린 한정판 개츠비가 들어왔던 것이겠지. 나는 심증 시나리오를 완성해 나갔다.

가장 확실한 방법은 "뒤표지 포켓 안쪽에 혹시 편지가 들어 있는지 확인해 줄 수 있나요?"라고 묻는 것이었지만 그건 절대 해선 안 되는 일이기도 했다. 그건 "거기 내 흑역사가 있으니 한번 봐 주시겠어요?"라고 묻는 것이고, 그럴 거라면 내가 이렇게 개츠비를 찾는 데 목숨을 걸 이유도 없는 거니까.

책을 처음 구매한 알콩땅콩 님의 자녀 학원 독서 리스트가 바뀐 것도, 버블티999 님이 한정판 전문 딜러라 상품에 비닐 포장을 씌워 두는 사람이라는 것도 그저 감사할 따름이었다.

나는 버블티999 님에게 메시지를 보냈다.

> 개츠비 구매 가능할까요?

개츠비의 개츠비의 개츠비

바로 답이 왔다.

> 가능합니다. 오늘 하민동 주민 센터 앞, 5시 이후 괜찮으신가요?

이 정도면 앱에 상주하고 있는 게 아닐까 싶은 속도였다. 하민동 주민 센터는 학원으로 가는 동선 안에 있으니 거래를 끝내고 바로 학원으로 가면 될 것 같았다. 지난 거래의 기억이 떠올라 질문 하나를 더해 답을 보냈다.

> 네. 5시 하민동 주민 센터 좋습니다. 그런데 올리신 사진과 물건은 같은 게 맞나요?

> 넵. 당연하죠. 그럼, 시간 꼭 지켜 주세요.

그래. 이번엔 감이 오는 것 같다. 아파트를 나서며 팔봉순대 트럭이 있던 자리를 돌아보았다. 팔봉 언니의 말에 따르면, 좋은 거래를 위해 필요한 열두 가지 조건 중에서 경험치는 1, 2위를 다투는 것이다. 지난 거래는 실패가 아니라 그 경험치를 얻은 거로 생각하자.

학교가 끝나자마자 하민동 주민 센터로 출발했다. 버블티999 님과의 채팅창을 다시 확인했다. 다른 메시지가 없으니 약속 시간과 장소에 변동은 없다는 뜻이다. 빠르게 걸어간 덕분에 약속 시간 10분 전에 도착했다. 주민 센터 주변엔 바쁘게 지나가는 사람들만 있었다. 버블티999 님은 아직 도착하지 않은 것 같았다. 버블티999 님을 기다리면서 오늘 들은 인서 선배 이야기를 생각했다.

등교에서 하교까지의 시간은 대부분 지루하게 느껴진다. 아이돌이나 선생님, 또는 학교의 어떤 아이를 자기들의 테이블 위에 올려놓고, 진짜인지 가짜인지 모를 이야기들을 떠드는 무리 사이엔 끼고 싶지 않았다. 그래서 학교에선 의도적으로 귀를 닫고 있는 편이다. 그런데 오늘 이주연의 말은 귀를 열고 들을 수밖에 없었다.

"인서 선배 말이야."

"올해 수리과학고 들어간 그 선배?"

"그래. 내 친구 언니가 수리고 2학년이라 들은 얘긴데, 그 선배 이번에 같은 1학년한테 고백했다가 대차게 차였대. 히히. 입학하자마자 아주 제대로 주목받으며 시작했대."

"진짜? 대박! 어떻게 고백했길래 그렇게 소문이 쫙 퍼진 거야?"

그 '어떻게'를 듣고 싶기도 했고 듣고 싶지 않기도 했다. 선배의 고백 상대를 확인하고 싶지 않았다. 누군지 알 것 같았으니까. 나는 복도로 나갔다.

그날, 《위대한 개츠비》를 사게 된 날. 인서 선배 연락에 들떠서 서점에 간 날. 선배의 얼굴에 번지던 미소가 떠올랐다.

"다주야, 나도 다영이랑 같이 수리고에 가게 됐어."

그 문장에서 가장 묵직한 무게는 '다영이랑 같이' 그 여섯 글자에 담겨 있었지…….

"우주시죠?"

낯선 목소리에 씁쓸한 기억이 흩어졌다.

스마트폰과 네 개의 쇼핑백을 든 언니였다. 나도 반사적으로 물었다.

"버블티999 님?"

"네. 위대한 개츠비 한정판 구매하시는 거죠?"

"네, 맞아요. 어제 우주 챗으로……."

버블티999 님은 손목에 걸고 있던 쇼핑백 중 두 번째 것을 빼 앞으로 내밀었다.

"확인해 보세요. 보시다시피 물건 확실하고요. 네고는 안 됩니다."

버블티999 님은 폰에서 눈을 떼지 않고 말했다. 메시지를 보내는지 설명을 하면서도 손가락은 바쁘게 움직이고 있었다. 받아 든 쇼핑백 안을 보니 비닐 커버가 씌워진 《위대한 개츠비》가 있었다. 이번엔 틀림없는 한정판 개츠비였다.

"비닐 커버는 버블티999 님이 씌우신 건가요?"

내가 막 질문을 한 그때 야구 모자를 쓴 남자가 우리를 향해 걸어왔다.

"저, 한정판 컨버즈 X01 판매하시는 분 맞나요?"

"네, 맞습니다. 잠시만요."

상대에게 그렇게 말한 버블티999 님은 나를 쳐다봤다.

"물건 맞죠? 2만 원입니다."

"아, 네. 여기."

나는 버블티999 님에게 돈을 건넸다.

버블티999 님의 손목에 걸린 쇼핑백들을 보니 내가 시간을 더 끌면 안 될 것 같았다. 내게 돈을 받아 든 버블티999 님은 야구 모자에게 다른 쇼핑백을 내밀었다. 버블티999 님의 손목에 걸린 쇼핑백들은 이곳에서 새 주인을 맞을 물건들인 것 같았다. 그들의 거래 현장 옆에 계속 서 있기도 뭐해서 나는 학원 쪽으로 걸음을 옮겼다.

횡단보도 신호를 기다리며 쇼핑백 안에 담긴 《위대한 개츠비》를 꺼냈다. 비닐에 싸인 개츠비는 상점 조명을 받아 반짝였다. 나는 심호흡을 한 번 하고, 조심스레 비닐을 뜯었다.
　또 한다영의 그림자에 들어갈 순 없다고 결심한 날 썼던 나의 편지, 내 흑역사의 증거. 그것이 이 개츠비 안에 잠들어 있을 것이다.
　조심스럽게 개츠비의 뒤표지를 열었다. 뒤표지의 안쪽 포켓에서 탄탄함이 느껴졌다. 손바닥 반만 하게 접은 편지를 넣어 둔 곳이 바로 거기였다. 나는 딱 붙어 있는 포켓 사이를 벌려 손가락을 넣었다. 하얀 종이가 보였다. 하얀 종이? 내 편지는 하늘색 종이인데……. 손가락에 잡힌 종이를 꺼냈다. 확실히 하얀 종이였다. 그건… 하얀 영수증이었다. 포켓 안을 다 뒤져 봐도 하늘색 편지는 보이지 않았다.
　하……. 이번엔 확실하다고 생각했던 두 번째 개츠비도 실패였다.
　이럴 줄 알았으면 페이지를 펼치고 접어 두기라도 할걸……. 내 비밀이 담긴 것이라는 특별한 표시를 해 두었어야 했다는 후회가 밀려왔다. 나도 몰라볼 것이라면 내 것이라고 할 수 없다는 걸, 내 것으로 생각하지 않은 것 안에 비밀을 숨겨 둔 건 바보 같은 짓이었단 걸 깨달았다. 한숨이 절로 나왔다.

개츠비 좋아해?

　기숙사에 있던 한다영이 돌아온 일요일 아침은 전혀 다른 냄새로 시작한다. 한다영이 좋아하는 감자수프 냄새가 집 안을 꽉꽉 채우고 있었다. 오늘 아침 메뉴는 분명 감자수프와 연어샐러드를 곁들인 베이글일 것이다. 엄마가 만들어 둔 요거트도 있겠지. 모두 다 한다영의 최애 메뉴였다. 우유와 감자가 섞여 우아하게 끓고 있을 냄비를 생각하니 그 냄비에 빨간 양념장을 푼 순댓국을 훅 부어 버리고 싶다는 충동이 일었다. 그럼 기겁하는 한다영의 표정을 볼 수 있을 텐데. 흐흐흐. 상상만으로도 통쾌했다.
　"다주야, 아침 먹게 나와."
　엄마의 목소리에 달콤함이 추가되어 있었다. 한다영이 왔기 때문이겠지. 엄마에게 한다영은 그렇게 달콤하고 부드러운 것들을 모아 만든 것일 테니까. 그 달콤함을 보는 것이 싫어서 내가 자꾸 얼큰하고 든든한 걸 찾게 되는 걸까. 한다영을 위한 냄새가 집 안을 장악한 이 아침이 나를 또 비뚤어지게 만들고 있었다. 왜 오늘이 수요일이 아닌 걸까. 팔봉순대 한 접시가 간절했다. 팔봉순대라면 나를 든든하게 채워 줄 텐데.
　"한다주, 빨리 나와."

느릿느릿 일어나 문을 열고 나가려는데 방문과 책장 사이의 공간에 낯선 쇼핑백이 보였다. 한 뼘 정도의 공간에 딱 맞게 들어가 있는 꽤 큼직한 쇼핑백이었다. 분명 내가 둔 것은 아니었다. 쇼핑백을 꺼내 열어 보았다. 그리고 이 쇼핑백의 주인과 운반자가 누구인지 알게 되었다.

노트들, 키링들, 놀이공원 머리띠와 예쁜 메모지들……. 주인은 한다영이었고, 운반자는 엄마였다. 내 물건은 그렇게 쉽게 버리는 엄마가 한다영이 필요 없다며 내놓은 물건은 이렇게 쇼핑백에 담아 내 방 한쪽에 넣어 둔 것이다.

이건 정말 너무하는 거 아닌가? 한다영의 것은 왜 우주를 떠돌 수 없는 거지? 왜 버려지지 않는 거지?

엄마는 한다영이 볼까 봐 이걸 내 방에 숨겨 둔 것이다. 내가 이걸 보고 어떤 생각을 할지는 신경 쓰지 않았을 거다. 그 무신경함에 화가 났다.

공부 잘하고 똑소리 나는 한다영이 엄마의 자랑이란 건, 한다영이 상을 타 오기 시작하던 십 년 전부터 쭉 알고 있는 사실이다. 처음엔 나도 그만큼 잘하고 싶었다. 그러나 난 한다영이 아니다. 잘하려고 할수록 결과의 차이가 더 크게 보였다. 나는 한다영의 그림자를 벗어날 수 없는 애인 것 같았다. 그래서 그 그림자를 벗어날 방법을 찾기로 했다.

멀어지는 것. 한다영에게서, 비교될 만한 것들에서, 얽히고설켜 복잡해질 것들에서 멀어지는 것이다. 이만큼 멀어져 있는 나를 건드릴 순 없으니 그만큼의 거리가 나를 안전하게 만든다고 생각했다. 그런데 이렇게 멀리서도 보이는 한다영의 흔적은 곤란했다. 자꾸 나를 흔들었으니 말이다.

문틈으로 새어 들어오는 감자수프 냄새에 체할 것 같았다. 나는 쇼핑백을 문 옆에 던져뒀다. 책상에 있던 양치 세트와 모자를 대충 넣은 배낭을 어깨에 걸쳤다. 방 밖으로 나가자 식탁에 마주 앉아 있는 엄마와 한다영이 보였다. 가방을 멘 나를 본 엄마가 놀란 얼굴로 물었다.

"밥 먹으라니까 어딜 가?"

저 식탁에 내 밥이 어디 있다고…….

"도서관."

나는 현관문을 열며 대답했다.

"도서관? 이 시간에?"

닫히는 문 사이로 두 사람의 목소리가 들렸다.

일요일 아침의 도서관은 꽤 마음에 들었다. 오픈 시간이라 그런지 열람실엔 아직 빈자리가 많았다. 통창 앞자리에 앉아 가방을 열었다. 생각해 보니 이 시간대 도서관에 앉아 본 게 처음이었다. 한다영과 엄마의 놀란 목소리가 다시 한번 플레이 되어 나는 쓴웃음을 지었다.

나도 낯설긴 하다. 그래도 이 시간에 핑계를 대고 나올 곳은 도서관이 딱 맞았다. 다만 가방을 열어 보고 나서야 공부할 만한 책을 챙겨 오지 않았다는 걸 깨달았다. 가방에 들어 있는 책은 버블티999 님에게 구매한 《위대한 개츠비》뿐이었다.

개츠비에 갇힌 것 같은 기분이었다. 그래, 얼마나 위대한지 한번 봐야겠다 싶은 마음으로 책을 펼쳤다.

지금보다 어리고 마음도 여리던 시절 아버지가 충고를 한마디 했는데 아직도 그 말이 기억난다.

"누군가를 비판하고 싶을 때는 이 점을 기억해 두는 게 좋을 거다. 세상의 모든 사람이 다 너처럼 유리한 입장에 서 있지는 않다는 것을 말이다."

첫 문단을 읽고 났을 때, 누군가 내 등을 톡톡 건드렸다. 깜짝 놀라 돌아보니 등 뒤에 인서 선배가 서 있었다.

"여기서 보네?"

인서 선배가 들릴 듯 말 듯한 목소리로 말했다. 소리보단 그 입술 모양으로 알아들었다는 게 정확했다. 말끝에 선배의 입꼬리가 올라갔다. 한다영의 이름을 말할 때보단 낮게.

"어, 네……."

순간 어색해진 나는 들릴 듯 말 듯하게 대답했다.

"잠깐 나갈까?"

선배가 손가락으로 창밖을 가리키며 말했다. 나는 고개를 끄덕이곤 가방을 챙겼다.

인서 선배와 나는 도서관 앞 벤치에 나란히 앉았다. 혼자 좋아하고 혼자 끝낸 흑역사이니 선배는 아무것도 모르고 있겠지만 어색한 마음이 드는 건 어쩔 수 없었다.

"다주, 너 책 좋아했구나."

우연이 오해를 만들고 있었다. 게다가 이 오해의 원인에 또 한다영이 있었다. 한다영 때문에 이 시간에 도서관으로 오게 된 거니까.

"너도 개츠비 좋아해? 되게 반갑네."

인서 선배가 또 웃었다. 내 손에 들린 《위대한 개츠비》와 나를 번갈아 보면서. 선배랑 같이 간 서점에서 산 책이었는데…….

지금 보니 저건 아주 무책임한 미소였다. 문장에 마침표를 찍는 것처럼 습관적으로 저런 미소를 짓다니 말이다. 한다영한텐 마침표뿐만 아니라 쉼표, 느낌표, 물음표, 말줄임표까지 저 미소를 짓겠지. 마음이 꽈배기처럼 배배 꼬이고 있었다.

"저, 책 별로 안 좋아해요."

선배를 쳐다보지 않고 퉁명스럽게 대답했다.

"일요일 아침부터 도서관에 위대한 개츠비를 들고 와서 읽고 있는 사람이 책을 안 좋아한다고?"

또 웃는다. 한다영은 왜 저 미소를 받아 주지 않았을까?

"선배는, 왜 좋아해요?"

공격적으로 나간 질문이었다. 그나마 '한다영을'이란 목적어를 넣지 않은 게 다행이었다.

"응? 뭘?"

"개, 개츠비요. 위대한 개츠비. 이거 왜 좋아하냐고요."

더듬거리긴 했어도 너무 멀리 가지 않고 돌릴 수 있어서 다행이었다.

"음… 그러게. 개츠비가 너무 외로운 사람이라서 마음이 가는 것 같아. 개츠비를 관찰하는 닉을 따라가다 보니까 내 마음도 그렇게 되더라고."

사실 선배가 하는 말이 무슨 말인지 하나도 이해가 가지 않았다. 개츠비에서 내가 읽은 건 첫 문단뿐이니 말이다. 그런데 관찰하는 인물의 시선 때문에 개츠비한테 마음이 갔다는 말이 계속 마음에 남았다.

"사람을 좋아하게 되는 건 우선 그 사람을 보는 것부터 시작하잖아. 보다 보면 발견하게 되고, 이해하게 되고, 그러다 거기 마음이 가게 되고 그러지 않아?"

인서 선배는 한다영의 무엇을 발견했던 걸까? 자기가 세운 계획은 무슨 일이 있어도 지켜야 하는 한다영의 우주와 우표를 좋아해서 손 편지를 쓰는 인서 선배의 우주는 닿을 수 없는 거리에 있을 것 같은데… 그걸 선배는 몰랐을까? 내가 아는 걸 모르는 선배가 참 답답하단 생각이 들었다. 그러다 문득… 나도 선배를 보고 있었다는 걸, 마음이 자꾸 선배에게 가는 걸 모른 척했다는 걸 깨달았다.

폰에서 불빛이 반짝였다. 도서관에 들어가면서 폰을 무음으로 해 두었던 것이 생각났다. 불빛은 우주 앱의 알림이었다. 새로운 개츠비가 우주에 올라온 것이다.

"선배, 저 가 봐야 할 거 같아요."

자리를 뜰 좋은 신호였다. 선배의 미소를 더 보고 싶지 않았다. 그 미소를 볼 때마다 하민동 누군가의 손에 들어가 있을 나의 흑역사가 떠올라 갈비뼈 안쪽을 쿡쿡 찌르고 있었다.

"어, 그래. 나도 학교 들어갈 준비 해야겠다."

선배가 같이 일어섰다. 나는 어깨에 멘 가방끈을 꾹 쥐었다.

"전 급해서 먼저 갈게요."

뭐라 말을 이으려는 선배를 뒤로하고 빠른 걸음으로 걸었다.

"다주야, 그 책 꼭 끝까지 읽어 봐."

선배의 목소리가 들렸지만 뒤돌아보지 않았다. 책을 더 읽을지 말지는 내 선택이다.

나는 선배를 좋아한 시간으로 돌아가지 않기로 선택했으니까……. 내 흑역사를 수거하기 위해 우주 앱을 열었다.

> 개츠비, 구매하고 싶습니다.

하민동3

월요일 아침 시간의 하민마트 앞은 하민초, 중, 고의 등교 시간이 맞물리며 붐비는 곳이다. 나는 하민동3 님이 우주 챗으로 보낸 사진을 다시 한번 확인했다. 초록색 외계인 키링을 크게 찍은 사진이었다.

> 월요일 8시 40분. 하민마트 앞.

> 저는 검정 배낭에 이 키링을 달고 있습니다.

어제 보낸 구매 요청 메시지에 하민동3 님은 이렇게 답을 보내왔다. 우주 온도 37도. 애매한 온도를 가진 특색 없는 닉네임의 이 판매자를 믿어도 될까 잠시 망설였다. 엄마가 내 개츠비를 우주로 보낸 날 이후 올라온 물건 중 가능성이 있는 개츠비는 이제 하민동3 님이 올린 것 하나뿐이다.

버블티999 님과의 거래 이후 남아 있던 개츠비들의 사진을 자세히 살펴봤었다. 나머지 개츠비들에는 조금씩 다른 흔적이 있었다. 표지에 스티커 자국이 있다든지, 인터넷 서점에서 구매했다가 판매한다는 글 같은 것들이었다. 그런 흔적들은 내가 찾는 개츠비엔 없는 것이다. 그런데 하민동3 님이 올린 개츠비엔 결정적인 특징이 붙어 있었다. 바로 '재우주'란 단어였다. 이것보다 확실한 특징은 없을 것이다. 오늘이면 나의 흑역사를 수거할 수 있다는 희망이 샘솟았다.

하민마트 앞 대각선으로 뻗은 횡단보도를 오가는 사람들의 가방만 쳐다보고 있으니 사람이 아니라 가방이 걸어 다니는 것처럼 보였다. 사진 속 외계인 키링은 손바닥만 한 크기였다. 그 크기에 광택이 있는 초록색 외계인 키링이라면 눈에 띄지 않을 리가 없었다.

하민마트 맞은편은 하민초 방향, 하민마트 왼쪽은 하민중과 하민고 방향이다. 그 두 방향에 따라 가방들의 색이 확연하게 나뉘었다. 하민초로 향하는 가방들은 색도 다양했고, 달려 있는 키링들도 화려했다. 설마 하민동3 님이 초등학생은 아닐 테니 내가 확인할 방향은 하나였다.

하민마트 왼쪽으로 향하는 무리의 가방엔 키링의 수가 적었다. 무채색 계열의 가방들 사이에서 초록색 외계인 키링은 눈에 띌 것이다. 나는 하민마트 왼쪽으로 향하는 가방들을 바쁘게 스캔했다.

하필 이 시간과 장소를 선택한 걸 보면 하민동3 님은 하민중이나 하민고에 다니는 학생일 것이다. 등교 시간을 이용한 우주 거래라니 시간 관리의 효율을 따지는 캐릭터인가 싶었다. 스마트폰으로 시간을 확인했다. 약속 시간이 5분이나 지나 있었다. 시간 관리의 효율이 아니라 시간 개념이 없는 캐릭터인가? 하민동3 님에게 우주 챗을 보내려는데 메시지가 왔다.

죄송합니다. 사정이 있어서 나갈 수 없게 됐어요. 정말 죄송합니다.

어? 못 나온다고? 그럼 내 개츠비는? 나는 다급하게 메시지를 보냈다.

> 하민동3 님, 그럼 다른 시간을 정해요.
> 오늘 오후는 어떤가요?

나는 폰 화면을 뚫어져라 쳐다봤다. 하민동3 님은 메시지를 확인하지 않고 있었다. 마음이 조급해졌다. 내 개츠비를 놓치면 안 되는데……. 그때 누군가 내 등을 가볍게 쳤다.
"한다주, 누구 기다려? 지금 안 가면 지각이다, 너."
우리 반 반장이었다. 메시지 확인도 하지 않는 하민동3 님을 계속 기다릴 수는 없었다. 나는 하민마트 왼쪽으로 향하는 검은 패딩 무리와 함께 달렸다.

종례가 끝나고 폰을 돌려받자마자 바로 우주 앱을 열었다. 하민동3 님은 아직도 메시지를 확인하지 않았다. 기운이 쭉 빠졌다. 하민동3 님이 하민중이나 하민고 학생이라면 학교에서 메시지를 확인하고 답을 하진 못할 것이다. 그래도 나처럼 폰을 받자마자 우주 앱을 열어 보지 않을까 기대하고 있었는데……. 설마 개츠비를 팔 마음이 없어진 걸까? 혹시 개츠비 안에 있는 내 편지를 발견한 걸까?
온종일 하민동3 님만 생각하다 보니 오만 가지 상상이 가지를 뻗어 나갔다. 하교하는 아이들이 빠져나가는 교실은 비어 가고 있었다.

빈 교실에서 폰 화면만 쳐다보고 있을 수는 없었다. 1이 사라지지 않는 채팅창을 닫고 터덜터덜 계단을 내려갔다. 교실이 있는 3층에서 내려와 교무실 쪽을 향해 가려다 반가운 것을 발견했다. 초록색 외계인 키링이 거기 있었다!

교무실 앞 복도에 검은 가방이 놓여 있었고, 거기에 달린 초록색 외계인이 나를 쳐다보고 있었다. 중앙 계단에 서 있는 나와 초록색 외계인과의 거리는 고작 십 미터 정도였다. 하민동3 님이 교무실에 있는 걸까? 하민동3 님은 우리 학교 학생이었구나! 반가운 마음에 그쪽으로 다가가려는데 중앙 계단 양옆 교실에서 아이들이 한꺼번에 몰려나왔다. 초록색 외계인과 나 사이를 양쪽에서 밀려 나온 아이들이 가로막았다. 하민동3 님을 만나야 하는데……. 이렇게 또 놓칠 순 없었.

"저, 잠깐만… 좀 비켜 줄래? 나 좀 지나갈게……."

교무실을 지나는 이 복도 끝에 있는 계단은 교문으로 가는 최단 거리라, 등하교 시간에 아이들이 가장 많이 몰리는 구간이다. 아이들 사이를 비집고 들어가려 했지만, 신나게 재잘거리며 걸어가고 있는 무리를 통과하는 건 쉽지 않았다.

이 무리를 빠져나가야 초록색 외계인 키링을 찾을 수 있는데…….

두 손을 모아 수영하듯 아이들 사이로 들어갔다. 십 미터 복도가 아니라 백 미터 길이의 수영장을 헤엄쳐 가는 기분이었다. 나는 심호흡을 하고 물살을 가르며 나아갔다.

"왜 자꾸 밀어."

"미안. 급해서 먼저 좀 지나갈게."

아이들의 따가운 시선을 뚫고 드디어 교무실 앞에 도착했다. 그런데 분명 그 앞에 놓여 있던 가방이 없었다. 하민동3 님이 가방을 들고 이동한 것이다. 하교하는 아이들 사이에서 초록색 외계인 키링을 찾아야 했다. 주변에 있는 아이들의 가방을 바쁜 눈으로 스캔했지만, 초록색 외계인은 보이지 않았다. 계단으로 이동해서 아래쪽을 살펴봤다. 1층 계단에서 현관으로 이어지는 끝 쪽에 달랑거리는 초록색 외계인 키링이 있었다. 건물을 빠져나가기 전에 잡아야 하는데 계단은 여전히 아이들로 꽉 차 있었다. 계단 난간을 잡고 파고들었지만, 아이들을 밀고 나가는 건 위험했다. 최대한 빠르게 1층으로 내려가 학교 건물 밖으로 뛰어나갔다. 교문 밖까지 달려갔는데도 초록색 외계인은 보이지 않았다. 이미 학교 주변을 벗어난 것이다. 하민동3 님이 우리 학교 학생이라는 것 외엔 몇 학년인지, 남자인지 여자인지도 알 수 없었다. 내가 본 건 하민동3 님의 키링뿐이었다.

거래의 마음

다음 날도 그다음 날도 쉬는 시간, 점심시간마다 전교 교실을 돌며 초록색 외계인을 찾았지만 실패였다. 하민동3 님은 그날 이후 키링을 떼어 버리기라도 한 모양이었다. 하민동3 님에게 보낸 메시지 옆의 1도 그대로였다. 무슨 일이 있는 걸까? 그래서 메시지 확인도 못 하고 학교에 오지도 않는 걸까? 알지도 못하는 하민동3 님의 안부를 궁금해하는 내가 나도 낯설었다.

하민동3 님 이후, 우주 앱에 한정판 《위대한 개츠비》는 다시 올라오지 않았다. '한정판'에 '북커버형'이고 '재우주'인 《위대한 개츠비》는 하민동3 님이 올린 것 하나뿐이다. 그 말은, 하민동3 님의 개츠비가 내가 찾는 개츠비일 확률이 99퍼센트 이상이라는 뜻이다.

반 아이들에게 초록색 외계인 키링을 본 적 없냐고 물었지만, 돌아오는 대답은 모른다는 말뿐이었다. '모른다'는 말은, 존재하지 않는다는 의미와 관심 없다는 의미가 합쳐진 대답일 것이다.

분명 존재하는 초록색 외계인 키링을 아는 사람이 아무도 없다니……. 하민동3 님도 나와 비슷한 부류일지 모른다는 생각이 들었다. 자발적인 아싸라면, 이렇게 존재를 숨길 수도 있을 테니까. 그렇다면 난 하민동3 님을 찾을 수 없는 걸까?

학원이 끝나고 터덜터덜 집으로 걸어갔다. 아파트 입구가 환한 것을 보고 오늘이 수요일이란 걸 깨달았다. 수요장이 서는 날. 그렇다면 오늘은 팔봉 언니를 만날 수 있다는 뜻이다. 팔봉 순대 자리인 닭강정 천막 옆으로 달려갔다.

"오, 우리 단골손님!"

팔봉 언니의 반가운 목소리를 들으니 축 처졌던 어깨에 힘이 들어갔다.

"늘 먹던 걸로?"

"네."

"그런데 오늘은 그 책 안 들고 있네? 성공했어요?"

순대 접시를 건네며 팔봉 언니가 물었다. 개츠비 이야기가 나오니 다시 마음이 답답해졌다.

"아직요. 코앞에서 놓쳤어요. 이번엔 진짜 내가 찾는 개츠비 같았는데……."

"코앞에서 놓쳤다고? 흠… 너무 매달린 거 아닌가? 판매자가 딜을 하려는 속셈일지도 몰라."

"그건 아닌 것 같아요. 우리 학교에 다니는 것 같은데 무슨 사정이 있는지 메시지도 안 보고."

"상대 사정까지 고민하고 있었어요?"

"무슨 이유인지 궁금하잖아요. 왜 갑자기 사라졌는지."

칙! 찜솥에서 뽀얀 김이 피어올랐다.

"왜 꼭 그 책을 찾아야 한다고 했었지? 우리 손님이 진짜 찾는 게 뭔지 궁금하긴 하다."

"진짜 찾는 거요?"

"그래. 전에 누런 책을 들고 왔던 때랑 좀 달라진 거 같아서 말이야. 오늘 장사가 잘 안 되네. 이거 좀 더 먹어요."

팔봉 언니가 내 접시 위에 찰순대를 더 얹어 주었다. 따뜻한 순대를 입안에 넣으며 팔봉 언니의 질문을 천천히 곱씹어 보았다. 내가 진짜 찾는 건······.

내가 찾는 건, 그만두기로 한 인서 선배에 대한 마음을 고백한 편지가 숨겨진 《위대한 개츠비》이다. 엄마가 마음대로 팔아 버린 《위대한 개츠비》가 하민동을 떠돌다가 누군가의 손에 들어가 편지가 공개될 대참사를 막기 위해 필사적으로 개츠비를 찾는 것이다. 그런데… 이 확실한 목표가 왜 방금 팔봉 언니의 질문을 들었을 땐 노이즈가 낀 화면처럼 흔들렸을까.

코앞에서 개츠비를 놓친 후유증일지도 몰랐다. 하민동3 님이 메시지를 확인하고 다시 거래한다면, 나의 개츠비를 되찾는다면, 목표 달성의 기쁨을 선명하게 느낄 수 있을 거다. 나는 입안 가득한 순대를 꼭꼭 씹어 삼켰다.

지잉. 순대 접시 옆의 스마트폰이 몸을 떨었다. 우주 알림이다. 화면을 열어 보니 하민동3 님에게 메시지가 와 있었다.

> 아직 위대한 개츠비 구매 의사 있으신가요?

"와!"
나도 모르게 소리를 질렀다.
"왜 그래요?"
포장 손님에게 비닐봉지를 건네던 팔봉 언니와 순대를 건네받던 손님이 동그래진 눈으로 나를 쳐다봤다.
"답이 왔어요!"
나도 바로 메시지를 보냈다.

> 네. 있습니다! 편한 시간, 장소 말씀해 주세요.

> 혹시 지금도 괜찮으세요?

지금이라고? 나는 내 근처에 하민동3 님이 있는 것만 같아 주위를 둘러보았다. 그럴 리가 있나.

> 네. 지금도 괜찮아요.

> 그럼 다이쏘 앞 버스 정류장으로 오세요.

다이쏘 앞이라면 10분 안에 갈 수 있는 거리였다.

> 네. 바로 갈게요.

하민동3 님은 대답 대신 내 메시지에 엄지 스티커를 남겼다. 바로 출발해야 했다. 나는 가방 앞주머니에서 지갑을 꺼냈다.
"아, 오늘은 공짜!"
팔봉 언니가 손을 내저으며 말했다.
"아니에요. 계산은 정확해야죠."
내가 지갑을 여는데 팔봉 언니가 단호한 목소리로 한마디를 더했다.
"계산은 꼭 돈으로만 하는 게 아닙니다. 우리 단골한테 내가 대접하고 싶은 날이니까 오늘 계산은 맛있게 먹었다는 말 한마디면 돼요."

팔짱을 끼고 웃는 팔봉 언니를 보니 더는 실랑이하면 안 될 것 같았다.

"고맙습니다. 오늘 정말 맛있었어요."

나는 엄지손가락을 치켜들었다. 아파트 앞 횡단보도 신호가 초록색으로 바뀌었다. 나는 가방을 메고 뛰었다.

"단골! 오늘은 꼭 성공하길 바라!"

등 뒤로 팔봉 언니의 목소리가 들렸다. 나는 오른쪽 팔을 들어 흔들었다.

9분 만에 다이쏘 앞 버스 정류장에 도착했다. 정류장엔 아무도 없었다. 내가 너무 일찍 도착한 것 같아 주변을 살피며 기다렸다. 한참을 기다린 것 같았는데 시간을 보니 겨우 3분이 지나 있었다. 하민마트 때처럼 또 안 나오는 건 아닐까 불안한 마음이 스멀스멀 올라왔다. 하민동3 님에게 메시지를 보냈다.

> 전 도착했어요. 오는 데 얼마나 걸리세요?

메시지 옆의 1이 바로 사라졌다.

> 정류장 벤치 위에 물건 두고 왔습니다. 꼭 필요한 분께 드려서 다행이에요.

벤치의 오른쪽 끝에 종이봉투가 놓여 있었다. 나는 벤치에 앉아 봉투를 열어 보았다. 정말 《위대한 개츠비》가 그 안에 있었다. 개츠비를 꺼내 보니 겉표지에 메모가 쓰인 노란색 포스트잇이 붙어 있었다.

> 지난번 약속 못 지켜 죄송했습니다. 이건 그냥 나눔 할게요.

나눔이라고? 책은 사진에서 봤던 그대로 완전한 새 책이었다. 나는 개츠비를 들고 정류장 주변을 살펴보았다. 나보다 먼저 정류장에 와서 이걸 두고 갔다면 이 근처에 있었다는 뜻이다. 시간이 그리 지나지 않았으니 멀리 가지도 않았을 텐데……. 정류장 뒤 다이쏘에 사람들이 많았다. 하민동3 님이 저 사람들 속에 있을지도 몰랐다. 이것도 짐작일 뿐 확인할 순 없지만. 나는 하민동3 님에게 메시지를 썼다.

> 물건값을 받으셔야 하는데…….

그러다가 팔봉 언니의 말이 생각나서 썼던 글을 지웠다. 하민동3 님의 호의를 고맙게 받는 것이 이 거래에 맞다는 생각이 들었다. 나는 다시 메시지를 입력했다.

> 고맙습니다. 잘 쓰겠습니다. ♥

메시지 옆의 1은 사라지지 않았다.

정류장 벤치에 앉은 나는 개츠비를 품에 안고 눈을 감았다 떴다. 의식을 거행하듯 《위대한 개츠비》의 앞표지 위에 손바닥을 얹었다. 그리고 책을 펼쳐 페이지들을 촤라락 넘기다 포켓이 있는 뒤표지 바로 앞장에서 멈췄다. 드디어 흑역사를 수거하는 구나 싶은 생각에 살짝 울컥하는 감정이 올라오기도 했다.

마지막 장을 넘기고 뒤표지 안쪽의 포켓에 손을 넣었다. 그때 정류장으로 버스 한 대가 들어왔다. 버스의 문이 열리고 한 무리의 사람들이 내렸다. 나는 손가락 끝의 촉감에 집중하며 그대로 앉아 있었다.

개츠비의 개츠비의 개츠비

내 책꽂이엔 이제 세 권의 《위대한 개츠비》가 꽂혀 있다. 온고지신 님의 빛바랜 개츠비와 버블티999 님의 한정판 개츠비, 그리고 하민동3 님이 나눔 해 준 개츠비까지. 이 세 권의 개츠비 중 내 흑역사를 담고 있는 것은… 없다.

마지막 개츠비도 내가 찾던 개츠비가 아니었다. 마지막 개츠비의 포켓마저 텅 비어 있는 것을 확인한 그날은 실망감 때문에 버스 정류장에 한참을 앉아 있었다.

나의 개츠비는 도대체 어디에 있는 것일까.

우주 앱을 열어 보았다. 새로 올라온 《위대한 개츠비》는 없었다. 스크롤을 내려 판매 완료 상태로 처리된 개츠비들을 확인했다. 그중 세 권은 내 책꽂이에 있는 개츠비들이다. 온고지신, 버블티999, 하민동3 님의 닉네임을 눌러 보았다.

온고지신 님의 판매 목록엔 역시 고전 문학들이 많았다. 판매 시작 일자가 오래전인데도 여전히 '판매 중'이었다. 긴 판매 글을 읽으니 온고지신 님의 목소리가 자동 재생 되는 것 같아 웃음이 나왔다.

버블티999 님의 판매 목록은 새로운 한정판들로 채워져 있었다. 오늘 날짜 이전의 판매 리스트는 모두 '판매 완료'였다. 하민동 어딘가에서 쇼핑백을 들고 있는 버블티999 님을 만날 수 있을 것 같은 예감이 든다.

하민동3 님이 그 이후로 올린 판매 물품은 없었다. 내가 보낸 후기 덕분인지 하민동3 님의 우주 온도가 1도 올라 있었다. 하민동3 님이 초록색 외계인 키링을 계속 달고 다녔으면 좋겠다. 그럼 학교에서 마주쳤을 때 알아볼 수 있을 텐데.

하민동 안에 내가 궁금해하는 사람들이 생겼다. 개츠비가 아니었다면 영원히 몰랐을 사람들인데……. 나의 개츠비를 찾지는 못했지만, 이 거래의 여정이 나쁘지만은 않았단 생각이 든다.

인서 선배의 고백 사건 후일담은 들려오지 않았다. 한다영도 인서 선배의 이름을 꺼낸 적이 없었다. 완전히 일방적인 고백이었던 것 같은데도 도서관에서 만난 인서 선배는 우울해 보이거

나 의기소침해 보이지 않았다.

선배에게 묻고 싶기는 하다. 끝이 예상되는 고백을 한 이유를. 받아들여지지 않은 고백을 하고 난 뒤에도 그렇게 웃을 수 있었던 이유를.

선배의 이야기를 들으면, 나도 접어 버린 내 마음을 다시 펴 볼 수 있을까? 한다영의 그림자가 닿지 않는 곳에서 선배의 이야기를 들어 보고 싶다는 마음이 들었다.

책꽂이에 꽂힌 개츠비들 중 한 권을 꺼냈다. 읽을 마음이 없던 책이었지만 이젠 좀 궁금해졌다. 나는 첫 장을 펼쳐 손바닥으로 꾹꾹 눌렀다.

첫 장을 펼쳤으니 끝까지 읽어 봐야지.

작가 노트
나의 흑역사가 묻힌 우주를 여행하는 법.

구소현

2020년 《문학과 사회》 신인문학상을 받으며 작품 활동을 시작했다. 《소설 보다 : 가을 2021》 《연결하는 소설》 《투 유》 등에 단편 소설로 함께했다. 첫 단편집과 장편 소설 출간을 앞두고 있다.

9월 : 거짓말 롤러코스터

목정고 1학년 2반은 이른 아침부터 소란스러웠다. 등교하자마자 삼삼오오 모여 웅성대는 학생들의 얼굴에는 호기심과 흥분이 뒤섞여 있었다. 오늘따라 수업 종이 울릴 때까지도 교실 안이 가라앉지 않는 이유는 단 하나였다. 같은 반 학생인 박한경과 우정민의 학폭위가 열릴지도 모른다는 이야기가 돌았기 때문이었다. 윤규호가 박한경과 우정민, 담임이 상담실 안으로 들어가는 것을 봤다고 말했다. 세 사람의 분위기가 심상치 않았다고 말하는 윤규호의 목소리는 잔뜩 흥분해 있었다.

"우리 반에서 학폭위? 그것도 박한경이? 개충격."

"도파민 미쳤네."

"말이 안 되지 않아? 우정민이 박한경을 괴롭힌 거면 몰라도."

학생들 사이에서는 여러 말이 오갔다. 우정민이 박한경에게 남몰래 괴롭힘을 당하고 있었던 게 아닐까 하는. 아무도 진실을 알지 못하면서 점점 추측의 수위가 높아지고 있을 때였다. 한경과 정민이 나란히 교실 안으로 들어왔다. 교실 안의 온도는 순식간에 뒤바뀌었다. 어색한 침묵 속에서 두 사람은 무표정한 얼굴로 각자의 자리로 향했다. 조용한 교실에 한경과 정민의 의자가 바닥을 긁는 날카로운 소리만이 유독 크게 들렸다. 두영은 견딜 수 없는 기분에 자리에서 벌떡 일어났다.

"두영아, 어디 가? 곧 1교시 시작인데?"

"잠깐 화장실."

두영은 교실 밖으로 나갔다. 곧장 화장실로 걸어간 그녀는 세면대 앞에 서서 찬물을 손에 받아 얼굴을 문질렀다.

'박한경이 우정민을 괴롭혔다고?'

두영은 헛웃음이 나왔다.

"두영아."

고개를 들자, 한경이 거울 너머로 두영을 보고 있었다.

"너 계속 거짓말하게?"

"일단은……. 너도 괜한 말 하지 마."

"싫은데? 상납한 건 우정민이 아니라 박한경이라고 다 말할 건데?"

"야, 너 진짜 이럴래? 말 가려서 해."

한경의 말에 두영은 순간적으로 주먹을 꽉 쥐었다. 1교시 시작 종소리가 울렸다. 두영과 한경은 서로 잠시 바라보다 화장실 밖으로 나와 다시 반으로 돌아왔다.

> 양심 어디 감? 다 너 때문이잖아.

자리에 앉은 두영은 정민에게 메시지를 보냈다. 메시지를 본 정민은 그대로 책상에 엎드렸다. 두영은 정민이 자신의 번호를 차단 해제 했다는 걸 알게 됐다. 그녀는 더 화가 났다. 두영은 다시 메시지를 보내려다, 이번에는 자신의 스마트폰이 울리는 것을 느꼈다.

> 부탁이니까 더는 우리 일에 끼지 말아 줘.

한경의 메시지였다. 두영은 한경에게 'ㅗㅗㅗㅗㅗㅗㅗ'를 연달아 보낸 뒤, 정민처럼 곧장 책상에 엎드렸다.

3월 : 마음이 부글부글

> 야, 나 학교 가기 너무 싫어······. ㅜㅜ

> 망했어······.

> ㅜㅜㅜ

> 학교 갈 생각에 스트레스 받아서 잠도 아예 못 잠······. 어캄? 완전 조졌어. 왜 살지.

> ㅜㅜ

> ㅜㅜㅜㅜ

> ㅜㅜ

'인생 조진 건 난데, 왜 너네들이 난리야.'

두영은 단체 채팅방에서 나가기 버튼을 눌렀다. 외고 입시반 학생들이 모여 있던 단체 채팅방이었다. 이제 더는 보지 않을 애들이었다. 진작에 나갔어야 했는데, 미련하게 남아 있던 자신에게 짜증이 났다. 그녀는 잠시 자신이 현재 가진 돈이 얼마 있는지를 확인했다. 새벽에 운행하는 기차 시간도 찾아보았다. 불이 꺼진 방 안에서 스마트폰만 환하게 빛났다. 부산, 대구, 강릉 등 도착지는 어디든 상관없었다.

'여기서 더 나빠지려고? 어차피 돌아와야 하잖아. 더 멀리 가면 돌아올 때 힘들어.'

그녀는 해가 뜨는 순간까지 고민했다. 하지만 결국 어머니가 다려 놓은 교복에 손을 뻗었다.

"교복 잘 어울리네!"

두영이 방에서 나오자 부엌에 있던 그녀의 어머니는 활짝 웃으며 말을 걸었다. 식탁에는 갈치구이와 두부가 가득 들어간 된장찌개, 계란말이 등이 놓여 있었다. 두영은 머뭇거리다 식탁 앞에 앉았다. 두영이 숟가락을 들고만 있자, 어머니가 그녀에게 다가와 어깨를 부드럽게 주물렀다.

"조금이라도 먹어 봐."

어머니의 재촉에 두영은 밥을 한 숟갈 떠서 입에 넣었다. 따듯하고 윤기가 흐르는 잘 지어진 밥이었다. 두영이 식사를 하기 시작한 것을 보자마자 어머니는 서둘러 겉옷을 챙겨 입었다. 두영의 어머니는 중견 기업 식품 회사의 연구개발팀에서 십삼 년을 근속했다. 부장으로 승진한 지 얼마 되지 않아 바쁜 시기임을 알기에 두영은 마음이 무거워졌다.

"엄마 먼저 갈게."

"안녕히 다녀오세요."

문이 닫히자마자 두영은 남은 반찬을 반찬 통에 넣었다. 남긴 밥은 음식물 쓰레기 봉투에 버렸다. 집을 나서면서 음식물 쓰레기 봉투도 들고나와 끝까지 말끔하게 처리했다.

오랜만에 집 밖으로 나와서인지 바깥 공기가 매우 낯설었다. 고등학교 첫 등교 날이었다. 두영은 외국어 고등학교 입시에 실패하고, 뺑뺑이로 일반계 고등학교에 배정되었다. 방학 동안 그녀는 놀고 먹고 잤다. 밤낮을 가리지 않고 게임을 하거나 웹툰, 웹소설, SNS의 숏폼 등을 봤다. 눈이 무거워지면 자연스럽게 스마트폰이나 컴퓨터를 끄고 침대에 누워 잠들었다. 친구들도 만나지 않았다.

그녀도 방학을 이렇게 보내고 싶었던 건 아니었다. 외고 입시에 실패했을 때의 공부 계획도 원래는 다 짜여 있었다. 하지만 책상에 앉아 문제집을 펼쳐 공부를 시작하려고만 하면 묵직하고 단단한 덩어리가 몸을 짓누르는 것처럼 무거웠다. 그 덩어리는 두영의 몸을 강하게 문질렀다. 그건 두영이라는 존재를 말끔히 지우고 싶어 하는 거대한 지우개였다.

외고 입시를 불성실하게 준비한 것도 아니었다. 두영은 초등학교 6학년 때부터 영어 학원의 외고 준비반에 들어갔다. 학교 성적은 물론, 생활 기록부, 독서 활동, 자기소개서, 면접까지 대충 준비한 게 없었다. 1차는 합격이었지만 2차인 면접에 불합격했다. 발표 날, 불합격이 뜬 화면을 보고 두영의 몸은 삽시간에 새빨개졌다. 면접 질문에 답을 하다 약간 말을 버벅거렸던 순간이 떠올랐기 때문이었다. 그녀의 자기소개서를 한참 동안 읽다 고개를 들고 자신을 바라보던 면접관의 표정이 너무나도 생생해 그녀는 눈을 질끈 감았다. 몇 년 동안의 노력이 헛수고가 되었다는 것을 깨닫자 그녀는 쉽게 회복하기가 어려웠다.

"괜찮아. 일반고 가서 전교 1등 하면 되지."

어머니가 그녀를 위로했지만 도움이 되지 않았다. 불합격 소식을 들은 어머니의 얼굴에 실망감이 스치는 것을 봤기 때문이기도 했다.

'다시는 저런 얼굴을 보고 싶지 않았었는데.'

기대감에 윤기가 돌고 눈이 반짝거리던 사람의 얼굴이 실망하는 얼굴로 변해 버리는 순간을 목격한 두영은 그녀의 어머니가 더는 기대하게 만들고 싶지 않았다. 차라리 늘 실망스러운 사람이 되어 버리는 게 나을 것 같았다.

특목고에 가지 않는다고 해서 인생이 망하지 않는다는 것을 그녀도 알았다. 일반계 고등학교에서도 좋은 성적을 받아 원하는 대학교에 갈 수 있다는 것도 알았다. 설령 공부를 못해도 인생의 길이 다양하다는 것도 알았다. 누군가가 보기에는 그녀가 그렇게까지 나쁜 상황도 아니었다. 두영은 공부를 잘했고, 성실했다. 알고 있는데도 몸이 따라 주지 않았다. 넘어진 것뿐인데, 스스로가 답답할 정도로 도저히 일어날 수가 없었다. 열심히 하고 싶지가 않았다. 노력해도 안 된다는 경험을 해 버렸는데, 또다시 실패할지도 모르는 일에 노력하고 싶지가 않았다.

"뭐 해? 안 들어가고?"

교실 문 앞에서 들어가지 않고 멈춰 서 있던 두영의 어깨를 누군가 꾹 눌렀다. 두영에게 말을 걸어온 여학생의 명찰에는 박한경이라는 자수가 박혀 있었다. 한경은 긴 생머리에 키가 크고 목이 길었으며 얼굴이 작았다. 두영은 한경을 보자마자 아이돌 같다고 생각했는데, 실제로도 유명 기획사의 캐스팅 제의를 여러 번 받았다는 것을 뒤늦게 들었다. 개학 하루 만에 한경의 별명은 '목정고 여신'이 되었다. 그만큼 눈에 띄는 외모였다.

한경이 공부까지 잘한다는 사실을 알게 되었을 때 두영은 여러 감정을 느꼈다. 부러움과 약간의 질투심, 친해지고 싶은 욕망, 거리를 두고 싶은 마음 등 다양한 감정이 중구난방으로 섞였다. 두영은 샤프심을 딸깍거리는 한경을 바라보며, 문득 한경이 자신처럼 인생에서 넘어지게 되었을 때 금방 다시 일어날 수 있을지 궁금했다.

'아무래도 쟤는 금방 일어나겠지.'

두영은 3월 내내 회복하지 못했다. 수업을 들어도 집중이 안 됐고, 학원도 자주 빠졌다. 밤늦게까지 컴퓨터나 스마트폰을 하다 학교에 가서 잠들기 일쑤였다. 3월 모의고사에서 그녀는 여전히 반에서 상위권이긴 했지만, 그녀가 한 번도 받아 보지 못했던 점수를 받았다. 40점, 50점을 맞았다고 우는소리를 내는 친구들 사이에서 자신의 상황을 말하기도 애매했다. 아무도 모르게 두영은 천천히 아래로 떨어지고 있었다. 한경은 반에서 1등을 했고, 전교에서는 7등을 했다. 두영은 한경을 쳐다봤다. 한경은 또렷한 눈빛으로 책장을 넘기고 있었다. 손가락으로 샤프심을 딸깍거리며 문제를 풀던 그녀가 문득 고개를 돌려 두영을 바라보았다.

'왜?'

한경은 고개를 돌리다가 자신을 보고 있던 두영을 발견하고 소리를 내지 않고 입 모양으로만 말을 했다.

'아무것도 아니야.'

두영도 똑같이 입 모양으로만 답했다. 두영은 바로 시선을 거두었다. 심장이 두근거렸다. 자신도 모르게 한경을 노려보고 있었다.

4월 : 아르바이트

한경이 두영의 집을 찾아온 것은 4월 말이었다. 두영이 학원에 아프다고 연락하고 수업을 빠진 날이었다. 고등학교 1학년이 되고 어머니는 두영에게 새로 학원을 끊어 주었다. 중학교 3학년 겨울 방학을 통으로 날렸기 때문에 초반 일주일은 군말 없이 다녔다. 하지만 학교에서 내내 자느라 학원에서는 잠조차 안 왔다. 차라리 빠지는 게 나을 것 같았다. 처음 학원을 빠진 날에는 죄책감에 어머니와 차마 눈도 마주치지 못했다. 하지만 두 번째, 세 번째 결석이 이어지자 점점 무뎌졌다. 이제는 두영이 학원을 밥 먹듯 빠지는데도 어머니는 별말이 없었다. 출결 관리를 철저히 하는 학원에서 연락이 가지 않았을 리가 없었다. 어머니의 태연한 침묵은 두영을 답답하게 만들었다.

아무 말도 하지 않는 어머니에게 그녀는 따지고 싶었다. 왜 아무것도 묻지 않느냐고, 왜 신경 쓰지 않느냐고. 하지만 결국 말하지 못했다. 어머니의 얼굴을 보고 있으면, 그 얼굴이 묵묵히 기다려 주는 얼굴인지, 아니면 더는 자신의 딸에게 기대할 게 없어 체념한 얼굴인지 알 수가 없었기 때문이었다.

그날도 마찬가지였다. PC방을 갈까, 만화 카페를 갈까 고민을 하던 두영은 집으로 향했다. 사실은 학원을 빠지고 어딘가에서 시간을 보내는 것도 점점 귀찮아졌다. 일탈을 하더라도 좀 제대로 뭔가를 해야 한다는 기분이 들었지만, 막상 무엇을 하든 다 시시했다. 그렇게 무기력하게 집에 들어와 우유에 시리얼을 말아 먹고 소파에 털썩 누웠다. 낮잠을 잘까 고민하며 눈을 감으려던 찰나, 초인종이 울렸다. 어머니가 올 시간도 아니었고, 딱히 누가 올 일도 없었다. 조심스레 나가 보니 사복을 입은 한경이 서 있었다.

"뭐야?"

두영과 한경 모두 당황한 얼굴로 서로를 바라봤다.

"너 여기 살아?"

한경이 물었다.

"어. 우리 집인데? 너 여기 왜 왔는데?"

한경은 일단 들어가겠다는 말과 함께 집 안으로 막무가내로 들어왔다.

"진짜 뭐야?"

"알바."

"무슨 소리야?"

"오늘 너희 집에 알바하러 왔다고."

두영은 일주일 전 흘러들었던 어머니의 말을 기억해 냈다. '양배추마켓'이라는 중고 거래 앱에 대한 이야기였다. 이 앱에서 새롭게 아르바이트 구인 서비스도 시작하게 되었는데, 직장 동료가 괜찮다며 추천해 줬다는 이야기였다. 어머니는 회사 일로 바빠 아침 일찍 나가 밤늦게 집에 돌아오기 일쑤였다. 집안일을 제대로 할 여력이 없었기 때문에 가끔 사람을 불러 집 안 청소나 냉장고 청소, 빨래 등을 맡기고는 했다.

두영은 마지막으로 집에 왔던 사람이 좀 문제가 있었던 것으로 기억했다. 마트에서 장을 본 뒤 어머니에게 영수증을 보여 주고 이체를 받는 식이었는데, 그 사람이 자신의 집 장까지 같이 본 것을 여러 번 걸려서였다. 어머니가 이 일로 전화를 걸어 따졌고, 말다툼 끝에 한동안 아무도 집에 들이지 않게 되었다.

이번에는 면접도 한 시간이나 꼼꼼하게 봤다는 얘기까지는 들었었다. 그 뒤로 어머니가 뭐라고 더 말했던 것 같은데, 그때 두영은 스마트폰으로 게임을 하는 데 정신이 팔려 제대로 듣지 못했다.

두영은 어머니에게 전화를 걸었다. 전화를 받지 않자 메시지를 보냈다. 잠시 뒤 어머니에게 한경이 두 시간 정도 청소하고 갈 거라는 답장이 왔다. 두영은 한경이 청소를 하는 동안 방으로 들어가야 할지, 소파에 앉아 있어야 할지 잠시 고민했다.

"그거 다 먹은 거야?"

한경이 거실 바닥에 있던 그릇을 보고 말했다. 두영이 시리얼을 먹던 그릇이었다.

"어? 어."

"그럼 이것도 설거지할게."

한경은 자연스럽게 그릇을 들어 보였다. 두영이 말릴 새도 없이 한경은 싱크대 앞에 서서 익숙한 손놀림으로 설거지를 하기 시작했다. 물 쏟아지는 소리가 거실에 울렸다. 두영은 소파에 앉아 있다 어색한 공기를 견디기가 힘들어 방으로 들어갔다. 얼마 지나지 않아 청소기가 돌아가는 소리가 들렸다. 자신의 집에서 같은 반 친구가 청소를 하는 이 상황이 이해가 가지 않았다. 기분이 이상했다. 한 시간쯤 지났을 때였다. 한경이 문을 두드려 왔다.

"네 방도 청소해야 하는데."

"아, 됐어. 하지 마."

두영의 얼굴이 빨개졌다. 방이 꽤 너저분했다. 이불도 정리가 안 되어 있었고, 책상 위도 더러웠다. 한경은 방을 쓱 둘러보다 두영에게 말했다.

"그럼 네가 네 방 청소해. 어머니가 내가 청소 안 했다고 생각하시면 어떡해."

"……."

"할 거야, 말 거야? 내가 그냥 할까?"

"아니야. 내가 청소할게."

"그럼 나 다 끝나서. 갈게."

두영의 말에 한경은 픽 웃더니 말했다. 두영은 고민하다 집에 가려는 한경을 배웅하기 위해 엘리베이터 앞까지 따라나섰다. 엘리베이터를 기다리는 동안 한경은 두영에게 말을 걸었다.

"나 오늘 너네 집에서 알바한 거 비밀로 해 줄 수 있어? 학교 애들한테 말하지 않았으면 좋겠어서."

"응."

"고마워. 갈게."

한경이 탄 엘리베이터 문이 닫히고, 두영은 집 안으로 다시 들어왔다. 두영은 잠시 깨끗해진 거실을 바라보다 서둘러 방을 치우기 시작했다.

"어린 친구가 아주 똑 부러지네. 그 친구도 너네 학교던데."

밤 10시쯤 돌아온 두영의 어머니는 집 상태를 살핀 후, 두영에게 한경을 부르길 잘했다고 말했다. 나이가 너무 어려 걱정했는데 경험도 꽤 많고 후기도 좋아 면접이나 한번 봐 볼까 하는 마음으로 한경을 만났다고 했다. 부모님 동의서, 가족 관계 증명서도 꼼꼼하게 챙겨 왔고, 대화까지 해 보니 신뢰가 갔다고 했다. 두영은 학교에서 선생님들과 자연스럽게 대화하던 한경의 모습을 떠올렸다. 그녀는 상황에 맞게 말의 속도와 눈빛을 조절했다. 두영은 한경이 자신의 어머니와도 어떻게 대화했을지 눈에 그려졌다. 고개를 끄덕이며, 조심스럽게 웃기도 하고, 자신이 말해야 할 때는 군더더기 없이 말했을 것이다.

한경은 청소를 끝내고 어머니에게 인증 사진도 여러 장 찍어 보낸 듯했다. 두영은 오늘 집 청소를 해 준 사람이 같은 반 친구라는 얘기를 할까 고민하다 굳이 안 해도 되는 말 같아 하지 않았다.

두영은 어머니에게 오늘 집 청소를 하러 온 사람의 양배추마켓 아이디를 물어봤다. 무슨 일 있었냐는 어머니의 물음에, 그런 건 전혀 없었고, 우리 집에 온 사람인데 나도 알아야 하지 않겠냐며 말을 흐렸다.

방에 들어온 그녀는 바로 양배추마켓 앱을 다운로드했다. 회원 가입을 하고 로그인을 하자마자 어머니가 말해 준 한경의 아이디를 검색했다. 한경은 양배추마켓을 활발하게 이용 중이었다. 올린 게시글이 5~6페이지를 넘어갔다. 중고 거래 게시물이 가장 많았고, 최근 몇 달 사이에는 아르바이트 관련 글도 올라와 있었다. 티셔츠, 신발, 가방, 모자 등을 판매한 흔적을 쭉 훑어보다 한 게시물에서 멈칫했다.

'6백만 원?'

고가의 물건이 판매 완료 된 게시글이었다.

두영은 한경의 SNS 계정에 들어갔다. 한경의 계정은 팔로워 수가 9천 명이었다. 게시물이 많지는 않았지만, 친구들과 운동장 벤치에서 아이스크림을 먹으며 웃고 있는 사진은 하트를 4천 개 넘게 받았다.

'얘는 왜 우리 집에서 청소를 하는 거야? 집안 사정이 많이 안 좋나?'

두영은 한경에게 직접 물어볼 수도 없고, 그렇다고 다른 친구들에게 한경의 집안 사정을 캐묻고 다닐 수도 없어서 답답해졌다. 두영은 이대로 모른 척하는 게 나을지, 내일 학교에 가서 말을 걸어 볼지 고민하다 침대에 누웠다. 잠들기 직전 문득 깨달은 게 있었다. 두영은 학원에 있어야 할 시간에 집에 있어 한경을 만났다는 것을 어머니에게 알려 준 셈이었다.

'왜 아무 말도 안 하는 거야?'

두영은 입술을 깨물었다. 이대로 고등학교 삼 년 내내 학원에 가지 않더라도 어머니가 아무 말도 하지 않을지 궁금했다.

두영의 어머니는 한경이 마음에 들었는지 이후로도 한경을 계속 불렀다. 한경은 익숙해졌는지 두영에게 말도 종종 걸었지만, 두영은 여전히 한경이 자신의 집에 와서 청소를 하는 게 영

적응이 안 됐다.

"나 물 한 잔 마셔도 돼?"

"물어보지 말고 마시라니까."

"그래도."

한경이 씩 웃고는 냉장고에서 물을 꺼내 마셨다. 두영은 이런 것도 몹시 불편했다.

"넌 학원 안 다녀?"

"응, 안 다녀. 근데 수학이 조금 약해서 수학만 과외 받고 있어."

한경이 아르바이트도 하고 과외까지 받는다는 사실에 두영은 당황했다.

"이 일은 왜 해?"

두영은 바로 본론으로 들어갔다.

"돈이 필요하니까 하겠지?"

"너네 집 잘살지 않아?"

"집이 잘살면 알바하면 안 돼?"

한경은 약간 심기가 불편한 목소리로 말했다. 두영은 아차 싶어 말을 돌렸다.

"다른 알바 해도 되는 건데 굳이 왜 이런 거 하는데? 너 SNS 팔로워 수도 많으니까 물건 광고해 주고 돈 받아도 되는 거고."

"학교 애들이 아는 거 싫어서. 그리고 나 다른 알바도 해."

한경이 두영에게 가까이 다가왔다.

"그동안 궁금해서 어떻게 참았대? 또 궁금한 거 있으면 물어봐."

한경의 말에 두영은 잠시 고민했다.

"공부는 언제 해?"

"머리가 비상해서 안 해도 괜찮던데."

한경의 장난스러운 말투에도 두영은 무표정으로 한경을 바라봤다. 한경은 어떤 지점이 웃겼는지 모르겠지만, 웃음이 터진 채로 마저 대답했다.

"그냥 잠 좀 덜 자고 하는 거지. 수업 때도 안 자고. 너는 맨날 자더라."

"그래, 너 잘났다."

"이제 궁금한 거 끝?"

"우리 집에서 일하는 거 안 불편해?"

"왜?"

"내가 너랑 같은 반이잖아."

"그다지? 너는 불편한가 봐? 그만 왔으면 좋겠어?"

"응."

두영이 한경을 빤히 바라보며 말했다.

"어머니가 알바비를 다른 곳보다 많이 주셔서 그건 안 될 것 같아. 미안."

두영은 한경에게 계속 말리는 듯한 기분이 들었다.

"나도 궁금한 거 물어봐도 돼?"

"뭔데?"

"너 중학교 때 공부 잘했다며. 왜 요즘엔 공부 안 해? 학원도 맨날 빠지고."

"네가 나 학원 빠지는 걸 어떻게 알아?"

"너 다니는 학원에 내 친구 있어서. 너 등록만 해 놓고 잘 안 나온다고 그러던데."

"……."

"어머니한테 너 학원 안 간다고 일러바치지는 않을 거니까 걱정하지 말고."

"엄마도 알아."

"그래?"

한경은 더는 묻지 않았다. 서로의 속사정을 전부 털어놓은 것은 아니지만, 닫혀 있던 문 정도는 서로 살짝 열어 준 기분이 들었다.

"내가 신경 쓸 건 아니긴 한데 학원비가 너무 아깝다. 매달 돈 꽤 나갈 거 아냐."

"네가 신경 쓸 게 아니긴 한 것 같아."

"그러지 말고. 너 학원 그만두는 거 어때? 그리고 나한테 과외 받는 거야."

"너한테 과외를 왜 받아. 과외를 받아도 연·고대, 서울대 대학생한테 받지."

"나 공부 잘하잖아. 어머니한테는 내가 잘 말할 수 있어. 같이 공부하면 재밌지 않을까?"

"나 공부 못하는 게 아니라… 내가 그냥 안 하는 거야."

"그럼 하고 싶게 만들어 줄게."

한경이 눈을 빛내며 말했다. 무슨 생각인 건지 도통 알 수가 없었다. 하지만 학원을 그만두는 것 자체는 좋은 생각 같았다. 그건 정말 돈 낭비였다. 그런데 그 돈을 한경한테 주면 뭐가 달라질까? 두영은 넘어져서 일어나지 못하는 자신을 한경이 일으켜 줄지 궁금했다.

"대신 너도 어머니한테 나랑 꼭 과외 하고 싶다고 말해 줘야 해."

어려서 그런 걸까? 나이를 먹어도 이럴까? 두영은 자신이 질풍노도의 청소년기를 지나고 있어서 감정적으로 이렇게 연약하고, 쉽게 무르고, 변화무쌍한 건지 궁금했다. 질투와 동경은 오묘하게 섞여 있어 손쉽게 뒤집혔다. 어제는 한경을 질투했다면 오늘은 한경을 동경했다. 기분 나쁘게 거슬리다가도 눈에 밟혔다. 그럼 지금은 어떤 마음인 걸까. 한경은 예쁘고 똑똑하고 반짝거리는 여자애였다. 또래 여자애들이라면 대부분 친구가 되고 싶어 하는 애였다. 두영도 크게 다르지 않았다. 더 정직하게 말하자면 그녀는 한경과 친해지고 싶었다. 그녀와 친구가 되면 좋은 일이 생길 것만 같았다. 솔직히 왜 이러나 싶을 정도로 기분이 좋았다. 소름이 돋을 정도였다. 먼저 친구가 되어 주려고 다가와 줬다는 이유만으로 이럴 수가 있는 걸까?

 절대 만날 수 없을 것 같았던 화면 속 캐릭터가 화면 밖으로 불쑥 다가온 기분이었다. 순수하게 놀라서 심장이 뛰는 것 같기도 했다. 어쨌든 한경과 친구가 되는 건 좋은 기회였다.

 "너 한경이랑 같은 반이라며? 왜 말 안 했어?"

 저녁에 집에 온 어머니가 다짜고짜 한경의 얘기를 꺼냈다. 한경이 아무리 공부를 잘한다고 해도 고등학생이었다. 일반적인 상황이라면 고등학생이 고등학생을 과외 해 준다는 건 어떻게 봐도 좀 이상한 그림이었다. 명문대에 다니는 실력 좋은 선생님들에 비하면 한경에게 굳이 과외를 받을 이유가 딱히 없었다.

 "엄마는 둘이 친해진 것도 몰랐네."

 두영은 어머니의 말을 듣고 나니 한경이 어머니를 어떻게 구슬렸는지 알 것 같았다.

"네가 한경이한테 과외 받고 싶다고 했다며. 네가 원하면 그렇게 해 줄게. 하고 싶은 거 맞아?"

"응."

두영은 잠시 머뭇거리다 답했다.

두영의 답을 듣고 어머니는 한경에게 전화를 걸었다. 한경과 어머니가 웃으며 통화하는 소리가 얼핏 들렸다. 어머니가 전화를 끊자마자 두영의 스마트폰 진동이 울렸다. 한경이었다.

"어머니한테 과외 하겠다고 했다며."

"그냥 뭐. 그런데 우리 엄마한테는 뭐라고 말한 거야?"

"궁금해?"

"응."

"'당연히 저보다 뛰어난 선생님들이 많겠지만, 두영이를 지금 제일 잘 아는 건 저라고 생각해요. 두영이가 어머니와 다른 사람들에게 말 못 할 얘기들도 저와는 하거든요. 또 두영이가 먼저 저랑 같이 다시 공부 열심히 해 보고 싶다고 했고요. 저 한 번 믿어 보세요, 어머니.' 이렇게 말했던 것 같은데?"

"너 진짜 거짓말 잘한다."

"당연히 어떻게 수업할지에 대한 자료도 준비해서 보여 드렸고. 입만 턴 건 아니야."

"그래……."

"이번 주부터 바로 하는 게 좋겠어? 아니면 다음 주부터 할까?"

한경은 묘하게 들떠 보였다.

"다음 주부터 해."

"그러면 다음 주까지 내가 푸는 문제집 알려 줄 테니까 미리 사 놔. 아니면 내일 같이 서점 갈까?"

두영은 잠시 머뭇거렸다. 두영은 공부뿐만 아니라 인간관계도 놓아 버린 상황이었다. 지난 두 달 동안 학교 친구들과 밖에서 논 적이 단 한 번도 없었다. 왕따라고 하기에는 애매했고, 다가와 말을 거는 친구들에게 쌀쌀맞게 굴지는 않았지만 적극적이지도 않았다.

"그래 그럼."

"내일 봐."

"응."

전화를 끊고 두영은 목소리가 조금 떨리지 않았나 싶어서 한숨을 쉬었다.

6월 : 친구의 친구의 친구

두영과 한경 모두 샤프를 쥔 손에 힘이 들어갔다. 타이머가 곧 울릴 예정이었다. 한경과의 과외는 수업이라기보다는 스터디에 더 가까웠다. 과목도 따로 정해져 있지 않았다. 처음에 한경이 테스트를 하겠다며 시험지를 가져왔을 때만 해도 수업 분위기가 잡혀 있었는데 어느 순간부터는 서로 모르는 문제를 물어보기도 하고, 내기를 걸며 공부를 하기도 했다. 오늘은 영어 문제를 더 많이 틀린 사람이 저녁을 하기로 했다. 두영의 어머니는 야근으로 늦을 것 같다는 메시지를 보내 왔다. 두영은 묘한 승부욕이 솟았다.

"과외 선생님 맞냐. 수업료 도로 뱉어 내."

한경이 두영보다 한 문제를 더 틀렸다. 함께 공부하면서 두영은 점점 예전의 감을 되찾아 갔다. 6월 모의고사 성적은 3월과 비교할 수 없을 정도로 올랐다. 두영은 외고에 떨어지고 아무것도 하지 못했던 중학교 3학년 겨울 방학 얘기를 꺼냈다. 한경은 사실 어머니에게 들어서 알고 있었다고 답했다. 두영은 고등학교 첫 등교 날에 사실 어딘가로 떠나 버리고 싶어 기차표를 알아보기도 했었다고 말했다. 그래도 떠나 버리고 싶은 것을 꾹 참고 등교한 게 기특하다며 한경이 장난스럽게 머리를 쓰다듬어 주었다. 그 장난스러운 손길에 두영은 위로받았다.

두 사람은 학교에서도 종종 대화를 나누었다. 학교에서는 두영이 일부러 거리를 두는 편이었다. 비밀로 해 달라는 한경의 말이 걸렸기 때문이었다. 오히려 한경이 스스럼없이 말을 걸어오고 챙겨 주기도 했다. 그럴 때마다 두영의 마음속 메마른 땅에는 풀이 자라났다. 한경은 어떻게 생각할지 몰라도, 두영에게 한경은 넘어진 자신과 나란히 걸어 주는 친구 같았다. 한경은 충분히 앞서 달려갈 수 있음에도 불구하고, 일부러 두영과 속도를 맞춰 걸으며 말했다.

'넌 좀, 그러니까… 창피했던 거야. 사람들이 널 어떻게 볼지 신경 쓰지 마. 천천히 일어나 볼래? 뛰지 못하겠으면 그냥 걸어가기만 해도 괜찮아. 다시 할 수 있다는 거, 너도 알고 있잖아.'

그 말은 두영에게만 들리게, 조용히 건네졌다.

"어머니가 보너스 주신다는데. 너 성적 올라서."

"내가 열심히 한 건데, 왜 돌팔이 선생님이 받아."

"말이 너무 심하신데요."

한경이 머리로 두영의 어깨를 툭툭 쳤다. 작고 단단한 머리통이 어깨에 느껴져서 두영은 조금 재수 없다고 생각했다.

"너 연예인 할 생각은 진짜 없어?"

"연예인 하면 과거 다 끄집어내서 올라오잖아. 그런 거 싫어."

"너 뭐 과거에 사고 쳤어?"

"뭐래. 아니거든."

"그럼 왜?"

캐비지스 인 더 와일드

"그냥 남 앞에 서는 거 싫어. 그리고 뭐 노래도 춤도 연기도 다 못해."

"얼굴이 아깝다."

두영은 솔직한 감상을 말했다. 한경이 웃으며 자리에서 일어났다. 냉장고를 연 한경은 양배추와 계란을 꺼냈다. 한경이 아까 가져온 양배추였다. 양배추마켓에서 특이한 이벤트를 하고 있었다. 중고 거래를 할 때 매너가 좋다고 평가 받은 판매자에게 랜덤으로 실제 양배추를 보내 주는 이벤트였다.

"이렇게 큰 걸 다섯 통을 보내왔어."

"남은 네 통은 어떻게 했어?"

"두 통은 일단 우리 집, 한 통은 경비 아저씨, 나머지 한 통은 우정민 줬어."

두영은 단발머리에 키가 크고 깡마른 체형의 정민을 떠올렸다. 정민도 두영과 같은 반이었다. 정민은 한경과 친한 무리 중 하나였다. 그 무리에서 한경은 정민과 가장 친한 듯했다. 두영과 대화할 때도 한경의 입에서 항상 정민의 이름이 나왔다. 정민은 태권도를 했었고, 원래는 체고에 갈 예정이었는데 일반고에 진학했다는 얘기를 들었다.

"넌 우정민이랑 특히 친한 것 같아."

"우정민이랑 나랑 초등학교 때부터 친구야."

"아, 진짜?"

"너도 걔랑 친해질래?"

"어?"

"부를까? 밥 먹었으려나?"

두영이 머뭇거리자 한경이 덧붙였다.

"걔 오는 거 싫으면 싫다고 해도 돼."

두영은 한경과 정민이 함께 있는 모습을 떠올려 보았다. 늘 다정하게 대화를 나누고, 서로를 잘 아는 듯한 그 분위기가 어쩐지 부러웠다.

"아니, 괜찮아. 불러."

두영이 대답하자 한경은 스마트폰을 꺼냈다. 몇 번의 신호음이 울리고 곧 정민의 목소리가 들려왔다.

"야, 너 어디야? 나 지금 김두영 집인데, 응, 우리 반 김두영. 너 올래? 같이 밥 먹자고. 두영이가 너 집에 와도 된다는데? 친해지고 싶대."

'내가 언제 그랬어.'

정민에게는 들리지 않게 두영은 입 모양으로 말했다. 한경이 짓궂게 웃었다.

"올 수 있어? 주소 보내 줄게."

정민과의 만남을 앞둔 두영은 속으로 묘한 긴장감을 느꼈다.

진짜로 온다고 할 줄 몰랐기 때문에 그녀는 더 당황했다. 정민과는 대화를 해 본 적이 거의 없었다. 정민이 자신을 어떻게 생각하고 있을지 전혀 감이 안 왔다. 그러고 보니 반에서 자신이 어떤 이미지인지도 생각해 본 적이 없었다. 두영은 왠지 모르게 위축되었다. 정민은 두영을 좋아할 수도 있었지만, 두영을 싫어할 수도 있었다.

"너 떨려? 우정민 착하니까 긴장할 필요 없어."

한경이 장난스럽게 두영의 등을 툭 쳤다.

"근데 걔는 알아? 네가 왜 우리 집에 있는지?"

"응. 걔는 다 알아."

'학교 애들한테는 비밀로 해 달라고 하지 않았어?'

한경의 말에 두영은 속으로 생각했다. 정민의 존재감이 커질수록 두영은 점점 작아졌다.

정민은 30분 뒤에 도착했다. 그녀는 하늘색 후드티를 입고 나타났다. 머리를 감은 지 얼마 안 된 것처럼 머리카락 끝부분이 아주 약간 젖어 있었다.

"안녕!"

"응. 안녕. 그런데 너……."

"야, 너 얼굴이 왜 이래?"

정민은 얼굴에 시퍼렇게 멍이 들어 있었다. 학교에서 봤을 때만 해도 정민의 얼굴은 깨끗했다.

"운동하다 다쳤어. 들어가도 되지?"

"어… 어!"

정민이 신발을 벗고 집 안으로 들어왔다. 한경은 무언가 못마땅한 얼굴로 정민을 잠시 바라봤다.

"두영아, 나도 너랑 친해지고 싶었어."

정민이 두영에게 씩 웃으며 말했다. 두영은 정민의 환한 미소에 아까 했던 모든 걱정이 눈 녹듯 사라졌다.

"오버한다, 또."

한경이 말했다.

"나도."

두영은 정민의 말에 대답할 타이밍을 놓쳐 한 박자 늦게 답을 했다.

"으악!"

그 순간, 세 사람 다 어색해서 작게 소리를 질렀다.

낯간지러운 시간이 지나가고, 세 사람은 요리를 시작했다. 도마 위에 양배추가 올랐다.

"이거 왜 이렇게 안 잘려. 엄청 단단하네."

정민은 칼을 쥔 손에 힘을 세게 주고는 양배추를 반으로 갈랐다.

"너네 그거 아냐? 양배추가 원래 바닷가 근처에서 자라는 채소였대. 바닷바람, 돌바닥, 염분이랑 싸우면서 껍질이 두꺼워진 거래."

"뭐야. 엄청 센 캐릭터였네?"

두영은 한경의 말이 사실인지 궁금해 스마트폰으로 양배추의 기원을 검색했다.

"야, 너 내 말 안 믿고 검색하냐? 와 섭섭하네."

한경이 그런 두영을 보고 놀려 댔다.

세 사람은 볶음밥과 오코노미야키 중 고민하다 둘 다 요리해 먹기로 했다. 한경이 굴소스를 넣은 양배추 볶음밥을 했고, 정민이 냉장고에서 꺼낸 부침가루로 오코노미야키를 하겠다고 나섰다. 두영은 주방 보조를 했다. 두 개의 프라이팬을 동시에 사용했다. 다 하고 보니 만들어진 음식량이 상당했다. TV로 별튜브를 켜 지난주 음악 방송을 틀어 놓고 거실에서 밥을 먹기 시작했다. 너무 많아서 셋이서는 다 못 먹지 않을까 생각했는데, TV도 보고 대화도 하면서 먹다 보니 금방 바닥이 보였다.

게다가 후식으로 요거트 아이스크림까지 배달시켜 먹었다. 초콜릿 시럽과 벌집 꿀, 과일 토핑 등을 잔뜩 추가했다. 두영은 친구들이랑 다 같이 노는 기분을 오랜만에 느꼈다. 마치 너무 오랫동안 쓰지 않아 고장난 줄로만 알고 있던 CD 플레이어가 생각보다 잘 돌아간다는 것을 알게 된 것 같았다. CD가 부드럽게 돌아가고, 깨끗한 음질의 노래가 흘러나왔다.

"실기 고사에 못 갔거든."

정민이 말했다. 원래는 체고에 가려고 했었는데 실기 고사에 참석하지 못해 불합격했다는 이야기였다.

"왜 못 갔는데?"

"그때 다리를 좀 다쳐서 갈 수 있는 상태가 아니었어."

정민의 말에 두영은 "아깝다."라고 대답하려다 말았다. 누군가 두영이 외고에 떨어졌다는 얘기를 듣고 아깝다고 말한다면 기분이 썩 좋지 않을 것 같았다. 진심으로 안타까워서 하는 얘기겠지만, 약 올리는 것처럼 들릴 수도 있었다. 게다가 특별한 말을 얹지는 않았지만, 한경의 표정이 급격히 안 좋아졌기도 해서 두영은 TV에 나오는 아이돌 그룹 얘기로 화제를 돌렸다.

한참 음악 방송을 보고 있을 때였다. 한경이 폰을 하다 자연스럽게 정민에게 말을 걸었다.

"3만 원을 더 깎아 달라는데? 어떡하지?"

"이미 8만 원을 깎아서 올린 건데."

"무슨 얘기야?"

"우리 둘이 양배추마켓에 신발 판매 글을 올려 둔 게 있어서. 30만 원짜리 신발인데, 19만 원에 팔라는 거잖아."

"그럼 안 판다고 해?"

"기다려 봐."

한경과 정민의 대화가 진지해지자 두영은 두 사람의 눈치를 살폈다. 양배추마켓에서 한경의 아이디를 검색해 봤다는 이야기를 할 수 없어서 두 사람이 나누는 대화를 최대한 모른 척해야 했다. 정민까지 중고 물건 판매와 관련되어 있었다는 건 새롭게 알게 된 사실이었다.

"그냥 팔자. 언제 거래 원한대?"

"기다려 봐."

한경이 메시지를 보냈다. 잠시 뒤 바로 답변이 왔다.

"한 시간 내로 했으면 좋겠대. 차로 온다는데."

"집에서 물건 가지고 나오는 시간까지 생각하면 좀 빠듯하네."

"두영아, 우리는 이제 그만 갈게. 시간도 늦었고."

"어… 그래!"

한경과 정민이 자리에서 일어나 갈 준비를 했다. 두영은 애써 아쉬운 속내를 숨겼는데, 정민과 눈이 딱 마주쳐 버렸다.

'알아차렸나?'

속마음을 들킨 것 같아 두영은 눈을 재빠르게 피했다. 두 사람이 집에서 나가고, 두영은 설거지를 하기 위해 고무장갑을 끼던 중이었다. 초인종이 울렸다. 두영이 문을 열어 보니 정민과 한경이었다.

"왜? 뭐 놓고 갔어?"

"같이 갈래?"

정민이 물었다. 아까 자신의 마음을 들킨 게 맞았다는 걸 알자 두영은 조금 부끄러워졌다. 아마도 정민이 한경에게 자신도 데려가자고 제안한 것 같았다. '끼고 싶으면 껴도 돼.'라고 정민이 말한 셈이었다. 두영은 잠시 고민하다 고개를 끄덕였다. 저 견고해 보이고 비밀이 많아 보이는 두 사람 사이에 자신도 끼고 싶은 게 맞았기 때문이었다.

물건은 한경의 집에 있었다. 두영은 한경의 집과 자신의 집이 생각보다 멀지 않다는 사실을 알았다. 걸어서 20분 정도의 거리였다.

'집이 망한 건 아닌 것 같은데.'

두영은 한경이 사는 아파트를 올려다보며 속으로 생각했다.

"한경이는 왜 이렇게 돈이 필요한 거야? 아르바이트도 엄청 하잖아."

한경이 집에서 물건을 가져오겠다며 올라간 사이, 두영은 정민에게 물었다.

"아르바이트는 나도 해. 돈 모아서 여행 가려고. 하와이 가고 싶어서."

정민이 답했다. 약간 곤란하다는 듯한 얼굴이라 두영은 더 물어보지 않았다. 호기심이 마음속에서 꾸물거렸다.

"너네 초등학교 때부터 친구라며. 어쩌다 친해졌어?"

"그러게? 내가 먼저 말 걸었던 것 같은데."

그다지 특별한 질문도 아니었는데, 정민이 또 곤란하다는 표정을 짓자 두영은 더 의아해졌다.

곧 한경이 아파트에서 나왔다. 세 사람은 구매자와 만나기로 한 편의점으로 향했다. 신발 거래는 빠르게 진행됐다. 구매자에게 돈을 받고, 세 사람은 한경의 집 앞 놀이터에서 조금 더 놀다 헤어졌다. 두영이 집에 돌아오니 어머니가 퇴근해 있었다.

"어디 갔다 왔어? 없어서 놀랐잖아."

"잠깐 편의점. 엄마, 있잖아… 친구가 하와이 여행을 가고 싶어서 돈을 모으는데, 천만 원이나 필요할까?"

"얼마나 있느냐에 따라 다르겠지만 너무 많은 것 같긴 하네. 그런데 그건 왜 물어봐?"

"아무것도 아니야. 나 씻고 잘게."

두영은 한경이 구매자와 중고 거래를 하는 동안, 무심코 한경의 계좌 화면을 보았다가 깜짝 놀랐다. 예상보다 훨씬 더 큰 숫자가 눈에 들어왔다. 그러니까 한경은 하와이 여행 자금을 모으겠다고 아르바이트를 하고, 틈틈이 중고 거래까지 하며 돈을 벌고 있었다. 그런데 그녀의 통장에는 이미 천만 원가량의 금액이 들어 있었다. 그럼에도 한참 모자라다는 듯한 모습이었다.

7월 : 여름 방학 직전, 폭발

> 오늘은 우정민 집에서 공부할래?

> 그래.

마지막 교시 수업 중이었다. 두영은 몰래 폰을 꺼내 한경에게 답장했다. 여름 방학이 얼마 남지 않은 시기였다. 두영과 정민이 친해진 이후로 일대일 과외는 세 명의 그룹 스터디가 되었다. 한경이 정민을 부르기도 했고, 두영이 정민을 부르기도 했다. 한경이 정민을 부르는 날이 더 많긴 했다.

정민은 샤워를 한 지 얼마 되지 않은 멀끔한 모습으로 나타나기도 했고 땀 냄새가 약간 나는 후줄근한 모습으로 나타날 때도 있었다. 두 사람보다는 공부에 목매지 않아, 문제집을 같이 풀다가도 곧 딴짓을 하거나 옆에서 잠을 자거나 했다. 처음에는 공부에 약간 방해가 되었는데 익숙해지고 나니까 꼭 정민이 카페에서 키우는 큰 개처럼 느껴졌다. 카페 안에서 어슬렁거리며 손님들을 구경하다 어느 순간 한곳에 자리를 잡고 잠을 자는 큰 개 같은 우정민. 정민은 자고 일어나면 기운이 넘쳤다. 세 사람은 정민의 추진력으로 계획도 없이 놀이동산에 가기도 했고, 영화관에 가기도 했다. 두영은 한경, 정민을 따라 몇 번 더 중고 거래를 하러 갔다. 정민이 주말마다 아르바이트를 하는 닭갈비 가게에서 밥을 먹기도 했다.

두영은 이만하면 두 사람과 가까워졌다는 생각이 들면서도, 자신만 모르는 비밀이 오가는 기류를 느낄 때마다 소외감이 들었다. 한편으로는 이 정도의 거리가 적당하다는 생각도 들었다. 더 깊게 관여하면 위험할 것 같다는 예감이 들기도 했다. 두영은 아는 척과 모른 척을 적당히 하며 그렇게 지내고 있었다.

세 사람은 아이스크림을 입에 하나씩 물고 정민의 집을 향해 걸어갔다. 두영은 아이스크림을 다 먹고 나무 막대까지 잘근잘근 씹었다. 이틀 전 본 장면을 어떻게 이해해야 할지 난감했다.

그날 두영은 학교가 끝난 후 한경과 정민이 체육관 여자 탈의실에 남아서 하던 얘기를 엿들었다. 5교시 수업이 체육이었는데, 하필 체육복을 탈의실에 두고 나온 게 생각이 나서 두영이 집에 가던 길에 다시 학교로 돌아간 날이었다. 체육복에 이름을 써 놓지 않아 누가 가져갈 수도 있었다. 이 시간에 탈의실에 사람이 있을 리가 없는데, 익숙한 목소리가 들려 두영의 발걸음이 점점 느려졌다. 탈의실에 누가 있는지를 확인한 두영은 결국 숨을 죽이고 멈춰 섰다. 한경은 책가방에서 노트북 케이스처럼 보이는 작은 가방을 꺼내 정민에게 건넸다. 정민이 가방을 열어 안에 있던 내용물을 꺼내 확인하고 바로 다시 가방에 넣었다. 그 안에는 5만 원권 지폐 뭉치가 들어 있었다.

"계좌에 있던 돈 다 뽑았어."

한경이 말했다.

"고마워."

"부모님이 집에서 물건 사라지는 거 아시게 된 것 같아서, 중고 거래는 한동안 못 할 것 같아. 아르바이트는 정해진 시간이 있으니까 늘릴 수도 없고. 다음에 주는 건 좀 더 걸릴 것 같아."

정민이 무어라 답변하는지 듣지도 못하고, 두영은 두 사람에게 들킬까 빠르게 탈의실 밖으로 나왔다. 체육복은 챙기지도 못했다. 한경은 정민에게 그동안 모은 돈을 모두 주고 있었.

두영은 이틀 동안 잠을 제대로 자지 못했다. 두 사람의 관계에 대해 계속해서 생각했다. 당사자들에게 직접 답을 듣지 않는 이상 알 수 없는 일이었다. 그렇다고 해서 단도직입적으로 물어본다 해도 답을 해 줄 것 같지도 않았다. 두영과 두 사람 사이에는 얇으면서도 불투명한 막이 있었다. 코앞에서 무언가 벌어지고 있는데 그 안에서 무슨 일이 일어나는지 두영은 들여다볼 수 없는 상황이었다.

두영은 고개를 돌려 덥다고 우는소리를 내는 한경을 쳐다봤다. 한경은 하복 블라우스 대신 편한 생활복을 입고 있는데도 답답하다는 듯 연신 손부채질을 했다. 그 옆에는 땀을 삐질삐질 흘리는 정민도 보였다. 두영은 이 막을 건드리기 시작했다.

"그런데 왜 오늘은 정민이 집에서 해?"

은근하게 날이 선 두영의 말투에 한경과 정민이 동시에 고개를 돌렸다.

"오늘은 정민이가 집에 있어야 해서."

"왜, 우리 집 불편해? 이따가 떡볶이도 시켜 줄게."

정민이 분위기를 풀려 애썼다. 두영은 더 말을 잇지 않았다. 하지만 정민의 집에 간 두영의 머릿속은 더욱 복잡해졌다. 못해도 50평은 되어 보이는 집이었다.

'넌 집에 돈도 많으면서 왜 한경이에게 돈을 받는 거야?'

두영은 정민을 보며 속으로 말했다.

집에 방이 너무 많아 두영은 화장실도 제대로 못 찾았다. 화장실인 줄 알고 방문을 열었는데 드레스 룸이었다. 두영은 자신도 모르게 안으로 들어갔다. 명품 시계를 모아 둔 진열장을 신기하게 구경하고 있는데 정민이 따라 들어왔다.

"화장실인 줄 알고 열었는데… 마음대로 들어와서 미안."

"아냐. 화장실은 바로 옆이야."

"응, 고마워."

두영은 빠르게 드레스 룸을 나와 화장실로 들어갔다.

세 사람은 정민의 방에서 공부를 시작했다. 정확히는 두영과 한경만이었다. 정민은 침대에 누워 스마트폰을 보다 어느새 잠들었다. 한참 문제 푸는 데 집중하던 중이었다. 갑자기 도어 록 비밀번호를 누르는 소리가 들렸다. 두영은 방문 쪽으로 시선을 돌렸다. 한경이 침대에서 자던 정민을 깨웠다.

곧 방문이 열리고 남자가 들어왔다.

"오셨어요."

정민이 자리에서 일어나서 말했다.

"안녕하세요."

한경은 환하게 웃으며 인사했다. 두영도 정민의 아버지라는 것을 눈치채고는 뒤이어 인사했다.

정민의 아버지는 깔끔한 회색 정장 차림이었다. 차고 있는 시계가 딱 봐도 비싸 보였다. 한경과 두영의 인사에 정민의 아버지가 답했다.

"정민이 친구들이니?"

정민의 아버지가 한경과 두영을 본 후 정민을 한 번 쓱 바라봤다.

"공부하고 있었구나."

정민의 아버지는 가볍게 미소를 지어 보이고는 다시 문을 닫았다. 자신의 방으로 들어가는 것 같았다.

"아저씨 오셨으니까 우리 그만 가자."

한경이 두영을 보고 말했다. 아직 과외 시간이 다 끝나지 않은 때였다.

"정민이네 아버지가 이렇게 일찍 올 줄 몰랐어서. 정민아, 아무래도 우리 가는 게 낫겠지?"

한경이 정민에게도 물었다.

"어? 어… 미안."

집주인까지 이렇게 말하는데 두영이 과외 시간을 다 채워야 하지 않겠냐고 말을 할 수는 없었다. 한경과 두영은 짐을 싸고 자리에서 일어났다. 두 사람이 거실로 나가자 정민의 아버지가 방에서 나왔다.

"아저씨, 저희 그만 가 볼게요."

"불편해서 가는 거니?"

"아뇨. 저희 오늘 공부는 충분히 해서요."

"그래, 조심히 가렴."

"잘 가."

한경은 정민의 집에서 나오자마자 두영의 어깨를 감싸며 말했다.

"미안. 나머지 시간은 다음 주에 다 채워 줄게."

두영은 그 말을 듣고 더 서운해졌다. 그러니까 두영이 화가 난 건 한경이 자신을 친구가 아닌 과외 학생으로 보는 듯한 태도 때문이었다. 수업료를 받는 한경은 과외 선생님이 맞았다. 오늘 한경은 시간을 다 채우지 못했고, 충분한 서비스를 제공하지 못했다. 다음에 보강을 해 주겠다는 한경의 말은 사실 두영을 위한 말이었다.

두영은 한경의 시간을 구매했다. 하지만 이 사실을 적나라하게 마주하니 서운한 마음이 들었다. 한경도 공과 사를 명확하게 지키는 수업을 하는 건 아니었다. 한경과의 수업 시간은 두영이 충분히 오해할 수 있는 시간이었다. 두영에게 이 시간은 과외 수업 시간이기도 했지만 친구와 함께하는 시간이기도 했다. 공과 사가 분명하지 않았기 때문에 두영의 성적이 올랐다. 한경이 친구가 되어 주었기 때문에 두영도 다시 해 보고 싶은 마음이 생겼던 거였으니까. 두영은 한경이 자신을 정말 친구로 생각하는 건지 확신이 서지 않자 기분이 밑도 끝도 없이 바닥으로 가라앉았다. 어쩐지 이용당한 기분이 들었다.

두영은 집에 돌아오자마자 샤워를 했다. 30분 정도는 아무 생각도 하지 않을 수 있었다. 밖으로 나와 폰을 보니 한경에게 전화가 여러 통이 와 있고 메시지도 와 있었다.

> 혹시 가방 한번 열어 봐 줄 수 있어?

> 가방? 가방은 왜? 알겠어.

> 고마워.

가방을 뒤지다 손에 무언가가 걸렸다. 두영은 마음속에서 부풀 대로 부푼 풍선이 펑 하고 터지는 듯했다. 가방 안에는 명품 시계가 들어 있었다. 정민의 아버지 방에 진열되어 있었던 명품 시계 중 하나였다. 두영은 사진을 찍어 보냈다.

> 이거 뭐야? 이거 네가 넣었어?

> 내가 가방을 착각해서…….
> 그것 좀 잠시만 맡아 줘. 금방 가지러 갈게.

두영은 답장하지 않았다.

한 시간 뒤, 한경이 두영의 집 앞으로 찾아왔다. 초조한 얼굴을 보자 두영은 더 화가 났다. 그녀는 화를 꾹 참고 가방에서 시계를 꺼내 한경에게 건넸다.

"이거 정민이 아버지 시계 아니야?"

두영은 한경에게 따지듯 물었다.

"비밀로 해 줄래?"

"훔친 거야?"

"팔려고. 돈이 좀 필요해서. 네가 한 번만 눈감아 주라. 응?"

한경이 두영에게 팔짱을 끼고 가볍게 흔들었다. 잠을 잘 못 자서 그런지 두영은 머리가 아파 왔다. 두영은 한경의 손을 풀어 냈다.

"정민이가 시킨 거지? 네가 번 돈도 다 우정민 준 거 알아."

"……."

두영의 말에 한경이 입을 꾹 다물었다.

"너네 대체 뭐 하는데? 너네 뭐 도박해?"

"내가 뭘 도박이야."

"그럼 왜 이런 일을 하는데?"

"가방에 물건은 진짜 잘못 넣은 거야. 네가 신경 쓸 일 아니야."

한경이 동문서답을 했다. 선을 그만 넘으라는 뜻으로 들려 두영은 울 것 같은 기분이 들었다. 눈이 점점 뜨거워졌다.

"난 너네 친구 아니야?"

"……."

"이제 우리 집 오지 마. 너네가 하는 일에 나 이용하지도 말고."

"그런 거 아니야."

한경이 다급하게 두영의 손목을 붙잡았다.

"아무한테도 말 안 할 거니까 걱정하지 말고. 이게 가장 신경 쓰일 것 같아서."

"……."

두영은 울고 싶어져서 한경을 그대로 두고 집으로 돌아왔다. 방으로 들어오자마자 잠이 쏟아져 눈이 저절로 감겼다. 한경에게서 전화가 왔는데 받지 않았다. 미안하다는 메시지도 왔다. 조금 뒤에는 정민에게도 전화가 왔지만 받지 않았다. 한경과 대화할 때는 잠이 부족해 더 울컥한 것도 있었다. 두영은 만약 자신이 조심스럽게, 너를 매우 걱정하고 있다는 듯한 말투로 물었다면 한경이 원하는 얘기를 해 줬을지 궁금했다. 푹 자고 난 다음 내일 다시 한경에게 연락해서 얘기해 볼 마음도 있었다.

다음 날, 두영이 한경에게 전화를 걸었는데 받지 않았다. 메시지에도 답장을 하지 않았다. 정민에게도 연락을 해 보았는데 마찬가지였다. 두영은 두 사람으로부터 차단당한 것을 알았다.

다시 9월 : 진실

"한경이가 정민이에게 돈 주는 거 제가 봤어요. 정민이가 한경이한테가 아니라, 한경이가 정민이한테요."

한경이 학교 폭력 가해자가 된 경위는 이러했다. 한경이 정민의 집에서 가져온 시계를 양배추마켓에 올렸다. 고가의 시계였다. 정민은 평소처럼 판매 글을 작성했다. 사진을 찍어 올린 다음, '정품. 사용감 거의 없음. 상태 최상. 직거래 가능.'이라는 문구를 덧붙였다. 그때까지만 해도 아무 문제 없었다. 평소처럼 누군가가 메시지를 보내 가격을 깎으려 할 테고, 적당히 흥정한 뒤 거래를 마치면 그만이었다.

하지만 문제는 생각지도 못한 곳에서 터졌다. 정민의 아버지가 양배추마켓에서 그 시계를 발견했다.

정민의 아버지는 워낙 고가의 시계를 여러 개 소유하고 있어, 하나가 없어진지도 몰랐어야 했다. 하지만 정민의 아버지는 시계가 사라진 것을 알게 되었다. 정민의 아버지가 고급 시계 수집가들이 모인 단체 채팅방에 속해 있었기 때문이었다. 그곳에서는 다양한 매물 이야기가 오갔는데, 그날도 어김없이 사진 한 장이 올라왔다.

> 양배추마켓에서 봤는데 진품일까요? 가격이 괜찮네요.

사진을 본 정민의 아버지는 처음엔 대수롭지 않게 넘겼다. 자신이 갖고 있는 모델과 같았지만 희귀한 모델은 아니었고, 우연일 수 있다고 생각했다. 그런데 시간이 갈수록 이상하게 찝찝한 기분이 들었다. 퇴근길에 그는 다시 그 사진을 확인했다. 그리고 집에 돌아오자마자 시계 진열장으로 가서 자신의 시계를 찾았다. 시계가 없었다.

그는 곧장 양배추마켓에 올라온 매물의 판매자에게 구매자인 척 연락했다. 한경은 아무것도 모른 채 평소처럼 응대했다. 그리고 그날 저녁, 한경은 정민의 아버지를 만났다.

"네가 판매자니?"

정민의 아버지가 물었다.

"네. 물건 여기 있어요."

한경은 순간적으로 표정을 관리했다. 애써 아무렇지 않은 표정으로 자리에서 일어났다. 침착해야 했다. 티를 내지 말아야 했다. 하지만 가방에서 시계를 꺼내려는 순간, 손끝이 미세하게 떨렸다.

"어디서 난 거야?"

한경은 얼어붙었다. 입이 떨어지지 않았다.

"……"

"어디서 난 거냐고 묻잖아."

정민의 아버지의 목소리가 낮고 단호해졌다.

한경은 더는 아무 말도 할 수 없었다. 정민의 아버지는 경찰서에 전화했다. 그리고 차례대로 한경의 부모님, 담임 선생님에게도 연락이 갔다. 한경은 순식간에 정민의 집 물건을 빼앗는 학교 폭력 가해자가 되었다.

여름 방학 동안 두영은 두 사람과 한 번도 만나지 않았다. 어머니에게는 과외를 그만하고 싶다고 말했다. 이미 한경도 알바를 그만두겠다고 말한 듯했다. 두영은 바로 학원을 다니기 시작했다. 또 집에 있다가는 땅굴을 파다 못해 회생 불가가 될 것 같았다. 짜증이 솟구칠 때마다 문제 하나를 더 풀었다.

하지만 여름 방학이 끝난 후, 두영은 이런 일이 벌어질 줄 꿈에도 몰랐다. 이대로 학폭위까지 열린다면 한경은 퇴학당할지도 몰랐다. 학생들은 이 사건이 마치 드라마라도 되는 것처럼 흥미롭게 소비했다. 두 사람을 인생에서 없었던 사람처럼 모른 척하려고 했는데, 마음대로 되지 않았다. 두영이 보기에 지금 상황은 두 사람이 입을 꾹 다문다고 해결될 일이 아니었다. 더는 나쁜 상황으로 가지 않게 하기 위해서는 누군가 나서야 했다.

결국 두영은 담임 선생님을 찾아갔다. 두영이 그동안 있었던 일을 털어놓자 담임의 표정은 심각하게 변했다. 담임은 볼펜으로 책상을 잠시 톡톡 두드리다 말했다.

"그게 사실이야?"

"네. 직접 보고 직접 들었어요."

"네가 여러 사람 앞에서 말해야 하는 상황이 올 수도 있어. 거짓말하면 안 돼."

"네."

"알았어. 가 봐."

담임이 길게 한숨을 쉬었다. 그날 이후 상황은 순식간에 뒤집혔다. 우정민이 가해자로, 박한경이 피해자로. 분위기는 하루아침에 달라졌다. 한경과 정민의 부모님이 학교에 왔다. 그리고 두영의 어머니도 학교에 왔다.

한 공간에 수많은 사람이 모였다. 두영은 그동안 자신이 보고 들었던 일들을 다시 이야기했다. 한경은 두영을 노려봤고, 정민은 말없이 고개를 숙이고 있었다. 정민을 가해자로 만들 생각은 없었다. 이렇게 상황을 반전시켜 놔야 정민과 한경이 입을 열 것 같았다.

그날 밤 한경이 두영을 찾아왔다. 얼굴에는 분노가 짙게 서려 있었다.

"내가 비밀로 해 달라고 했잖아."

"내가 너 살려 준 거야."

두영도 더는 참을 수 없었다. 한경과 정민을 도와주려 한 일이었다.

"네가 뭘 안다고 나서는데?"

"나도 정말 말하기 싫었어. 너희 둘 다 어디 한번 끝까지 가 봐라 싶었다고."

"정민이가 정말 가해자라고 생각하는 거야?"

한경이 분을 참지 못하고 눈물을 흘렸다.

"정민이가 너 괴롭혔다고 생각해서 그렇게 말한 거 아니야. 이렇게 안 되면 너 끝까지 입 안 열까 봐 그래서 그렇게 말한 거야. 이대로 너희 비밀 아무에게도 얘기 안 하고 입 닫고 있으면 해결이 될 것 같아? 너 똑똑하잖아. 상황 파악 좀 해 봐. 지금 이대로면 너도 정민이도 둘 다 큰일 나는 거야."

"……."

"아직도 나한테 말하지 못하겠으면, 담임한테 가서라도 말해."

두영이 한경의 양팔을 꾹 잡고 말했다.

10월 : 원점

학폭위는 열리지 않았다. 한경과 정민이 입을 열었다. 어느 한쪽이 괴롭힘을 당한 것은 아니었고, 두 사람이 같이 가출하기 위한 돈을 모으고 있었다는 얘기였다. 문제는 조용히 덮였다. 하지만 그 과정에서 한경과 정민은 며칠 동안 학교에 나오지 않았다.

"우정민이 박한경 괴롭혔다며?"

"상납도 시켰대. 돈 엄청 뜯었대."

"그럼 그동안 한경이가 당했던 거야?"

진실이 무엇이든 간에, 학생들은 소문을 눈덩이처럼 굴려 갔다. 누군가는 정민이 한경의 약점을 잡아 협박했다고 말했고, 누군가는 심지어 폭행까지 했다는 말을 덧붙였다. 두영은 가만히 있었다. 정민이 학교에 돌아왔을 때 학생들은 더욱 수군거렸다. 정민의 얼굴에 멍이 크게 들어 있었다.

10월이 되었다. 정민이 전학을 간다는 얘기가 돌았다. 평소와 다를 것 없이 두영은 집으로 가기 위해 가방에 짐을 챙기고 있었다.

> 안녕.
>
> 오늘 얘기 좀 할 수 있을까?

정민의 메시지였다. 두영은 고개를 들어 정민을 쳐다봤다. 정민이 두영에게 윙크를 했다. 오랜만에 말을 건 것치고는 너무 뻔뻔해서 두영은 헛웃음이 났다.

두 사람은 아무도 없는 놀이터를 찾아가서 나란히 그네에 앉았다. 정민은 한참을 말없이 있다가 마침내 입을 열었다.

"나 한경이 괴롭힌 거 아니야."

"네가 걔한테 돈 받는 거 봤어."

"돈 받은 건 맞아."

"한경이가 너한테 갚을 돈이라도 있었던 거야?"

"그건 아니고."

"뭐 둘이 그럼 사귀기라도 해?"

"뭐래. 그런 것도 아니야."

정민이 어이없다는 듯 웃으며 말했다.

"나도 네가 괴롭혔다고 생각 안 해. 이유가 있었겠지. 가출은 진짜 하려고 한 거야? 그때 말했던 하와이를 진짜 가려고 했던 거라면 너희 진짜 골 때리는 거 알지?"

"예전에 네가 이것저것 물어봤을 때, 대답을 다 이상하게 했잖아. 지금 다 다시 대답해 줄게."

정민의 이야기를 정리하면, 정민과 한경은 초등학교 때 친해졌다. 한경은 초등학교 4학년 때부터 5학년까지 이 년 동안 고학년에게 자주 얻어맞았고, 반에서는 따돌림을 당했다고 했다. 초등학생들의 따돌림이라기에는 상당히 심각했다. 남자애에게 정강이를 걷어차여 뼈에 금이 갈 정도였다고 했다. 정민과 한경은 정형외과에서 처음 만났다. 두 사람 다 정강이뼈에 금이 간 채로 깁스를 하고 나온 상황이었다. 정민의 어머니와 한경의 어머니가 약국에서 먼저 대화를 하게 되었고, 그 뒤로 정민과 한경이 대화를 했다.

"나는 그때 아빠한테 맞은 거고, 걔는 같은 반 남자애한테 맞은 거고."

한경과 정민이 중학생이 된 뒤 한경의 따돌림 문제는 해결되었다. 하지만 정민의 문제는 해결이 되지 않았다. 그리고 일 년 전, 정민의 어머니와 아버지는 가정 폭력으로 이혼을 했다. 문제는 정민이 아버지 밑에서 살게 된 것이었다. 그녀는 체고 실기 고사도 아버지에게 맞아서 못 갔다고 말했다.

"돈을 모으려고 집에 있는 물건들을 몰래 팔기 시작했어. 물건을 팔면 좀 살 것 같았어. 그 집 탈출에 더 가까워지는 느낌이랄까. 한경이가 알게 된 후에는 자기도 돕고 싶다고 했어. 진짜 걔 돈 안 받고 싶었는데, 내가 좀 급해서 사리 분별이 안 됐나 봐. 아빠한테 들킨 다음에도 너무 무서워서 바로 사실대로 말하기가 어려웠어. 진짜 맞아 죽을 것 같았거든. 한경이만 더 힘들게 하고. 그래서 너한테 고마워. 어쨌든 너 때문에 해결이 된 거니까. 오해해도 할 수 없는데 여름 방학 동안 너 차단한 이유는 우리랑 엮이는 게 너한테 안 좋을 것 같다고 생각했기 때문이었어."

"……."

"그리고 너 그날 내가 그동안 얼마를 받았는지는 말 안 했더라? 그래서 다행히 2백만 원만 뺏겼어."

정민이 부러 장난스럽게 말했다. 두영은 아무 말도 할 수가 없었다.

"한경이도 너무 미워하지 마. 한경이가 너 친구로 생각 안 한 거 아니야. 너도 동족 같다고 그러더라. 동족의 냄새가 난다고."

"그게 뭔데?"

"그냥 너도 말 못 할 상처가 많아 보인다고 했어. 그래서 안쓰럽다더라."

정민은 다 본인 잘못인 것 같다며, 두영에게 미안하다고 말했다. 전학을 간다는 얘기도 사실이었다. 두영은 집으로 돌아와 어머니에게 이 이야기를 했다.

"네가 해결할 문제가 아니야."

어머니는 무표정한 얼굴로 답했다. 어머니의 말에 두영은 말문이 막혔다.

방으로 들어온 두영은 책상 앞에 잠시 멍하게 앉아 있었다. 두영의 부모님이 이혼한 이유도 가정 폭력이었다. 두영의 어머니는 아버지에게 자주 맞았다. 어린 두영은 어느 날 어머니가 자신을 원망하고 있다는 것을 느꼈다. 직접 말한 건 아니었지만 어머니가 두영을 보는 눈이 다 말해 주고 있었다. 부모님의 이혼 후 두영은 더는 그런 어머니의 눈을 보고 싶지 않았다. 어머니에게 자신이 실패작임을 보여 주고 싶지 않았다. 그래서 더더욱 고꾸라지는 것을 두려워했다.

'귀신 같네.'

두영은 한경이 한 말을 곱씹었다. 동족이라는 말이 좀 아프게 느껴졌다.

얼마 지나지 않아 정민은 전학을 갔다. 더는 아무도 정민과 한경에 대해 이야기하지 않았다. 한경은 두영과 눈도 마주치지 않았다. 일부러 피해 다니는 듯했다. 교실은 다시 평온을 되찾았다. 모든 것이 원래대로 돌아온 것처럼 보였다.

12월 : 그래도

"야."

하굣길이었다. 두영이 한경을 불러 세웠다. 두영은 두 달 만에 한경에게 처음 말을 걸었다.

"왜?"

"나한테 10분만 줘. 아니 5분만."

두 사람은 말없이 걷다 가까운 공원으로 향했다. 두영은 지체하지 않고 손에 들고 있던 큰 쇼핑백을 한경에게 건넸다. 쇼핑백을 든 손이 부들부들 떨렸다.

"뭔데?"

한경은 두영이 건넨 쇼핑백을 받았다. 쇼핑백에는 콘솔 게임기와 노트북 등이 들어 있었다. 두영의 물건이었다.

"대신 팔아 줘. 너 잘 팔잖아. 그리고 정민이한테 줘. 2백만 원까지 될지는 모르겠는데……."

두영은 말을 하다가 갑자기 기운이 빠지고 눈물이 났다. 미안하다는 말조차 나오지 않았다.

한경이 입을 열었다.

"야, 나 양배추 또 받았다? 이번에는 열 개나 받았어. 그걸 다시 양배추마켓에 팔면 팔리려나."

한경의 말에 두영이 고개를 들었다.

"아홉 개만 팔고, 한 개는 그때처럼 볶음밥이랑 오코노미야키 해 먹을까. 정민이도 불러서. 그런데 너희 집 다시 가도 되려나. 어머니가 이제 나 싫어할 것 같은데."

"……"

"울지 마. 이제 너 원망 안 해."

"너 나 피해 다녔잖아."

"미안해서 그랬다. 왜."

"……"

"우정민 부른다? 걔 잘 지내. 그러니까 너도 너무 미안해하지 않아도 된다고."

"……"

"그래도 내가 있어서 좀 낫대. 아무것도 나아지는 게 없고, 뭐라도 해 볼 수 있는 나이가 되려면 한참 남았고, 지금은 자기가 할 수 있는 게 아무것도 없어도, 주변에 아무도 없을 때랑 누가 자기 옆에 있을 때랑은 완전 다르대. 그래서 조금은 괜찮대. 무슨 말인지 알겠더라."

정민이 한경에게 말한 기분은 두영도 느꼈던 기분이었다. 그 조금 괜찮아지는 것 때문에 다음 날도, 그다음 날도 기대가 되었다.

"왜 이렇게 전화를 안 받아."

한경이 정민에게 전화를 걸며 말했다. 통화 연결음이 조금 더 이어지다 익숙한 목소리가 들렸다. 두영도 언젠가 타이밍이 맞을 때 한경에게 말해 주고 싶었다. 최대한 낯간지럽게 들리지 않을 분위기일 때 꼭 얘기해 주고 싶었다.

'나도 그때 네가 있어서 좀 나았어. 그래서 조금은 괜찮았어. 신기할 정도로.'

작가 노트
바닷바람과 돌 틈에서 태어난 양배추는 더욱 단단하게 자란다.
우리도 단단하게 자랄 수 있을까?